余冠英古诗选注系列

乐府诗选

余冠英

选注

商务印书馆
The Commercial Press
创于1897

图书在版编目（CIP）数据

乐府诗选 / 余冠英选注 . —北京：商务印书馆，2024
（余冠英古诗选注系列）
ISBN 978-7-100-22857-2

Ⅰ . ①乐… Ⅱ . ①余… Ⅲ . ①乐府诗—诗集—中
国—古代 Ⅳ. ① I222.6

中国国家版本馆 CIP 数据核字（2023）第 165550 号

余冠英古诗选注系列

乐府诗选

余冠英 选注

商 务 印 书 馆 出 版
（北京王府井大街 36 号 邮政编码 100710）
商 务 印 书 馆 发 行
北京新华印刷有限公司印刷
ISBN 978 - 7 - 100 - 22857 - 2

2024 年 3 月第 1 版 开本 880×1230 1/32
2024 年 3 月北京第 1 次印刷 印张 7 插页 2
定价：39.00 元

目录

第二部分 南朝乐府民歌

第三部分　北朝乐府民歌

第四部分（附录）汉至隋歌谣

前　言

一

　　乐府诗是由乐府机关搜集、保存，因而流传的，我们谈乐府诗不得不走一条老路，从这个机关开头。根据东汉历史家班固的话，我们知道汉武帝刘彻是"始立乐府"的人。"乐府"是掌管音乐的机关，它的具体任务是制定乐谱、搜集歌辞和训练乐员。这个机关是相当庞大的，人员多到八百，官吏有"令""音监""游徼"等名目。

　　经过汉初六十年休养生息，中国人口增加了不少，财富也积累了不少，好大喜功的刘彻凭这些本钱一面开疆辟土，一面采用儒术，建立种种制度，来巩固他的统治。由于前者，西北邻族的音乐有机会传到中国来，引起皇帝和贵人们对"新声"的兴趣；由于后者，"制礼作乐"便成为应有的设施。这两点都是和立乐府有关的。班固《两都赋序》说：

大汉初定，日不暇给。至武宣之世，乃崇礼官，考文章。内设金马石渠之署，外兴乐府协律之事。

这里说明了刘彻这时才有立乐府的需要，也才有立乐府的条件。《汉书·礼乐志》说：

　　至武帝定郊祀之礼，乃立乐府，采诗夜诵。有赵、代、秦、楚之讴。以李延年为协律都尉。多举司马相如等数十人造为诗赋，略论律吕以合八音之调，作十九章之歌。

这里说明了乐府的任务，其中最重要的当然是"采诗"，就是搜集民歌，包括歌辞和乐调。《汉书·艺文志》说：

　　自孝武立乐府而采歌谣，于是有赵、代之讴，秦、楚之风，皆感于哀乐，缘事而发。亦可以观风俗，知薄厚云。

这里说明了采集歌谣的意义，同时说明了那些歌谣的特色。刘彻立乐府采歌谣的目的是为了"兴乐教""观风俗"，还是为了宫廷娱乐或点缀升平，且不去管它，单就这个制度说是值得称许的。一则当时的民歌因此才有写定的机会，才有广泛流传和长远保存的可能。二则因此构成汉朝重视歌谣的传统，使此后三百年间的歌谣存录了不少。这在文学史上是大有关系的事。

　　有人以为在刘彻之前已经有了乐府机关，说班固弄错了事实，因为《史记·乐书》说：

> 高祖崩，令沛得以四时歌舞宗庙。孝惠、孝文、孝景无
> 以增更，于乐府习常隶（肄）旧而已。

但这也许是以后制追述前事。《汉书·礼乐志》也曾有"孝惠二年
使乐府令夏侯宽备其箫管"之文，正是同类。其实立乐府是小事，
采诗才是大事。乐府担负了采诗的任务，才值得大书特书。从"习
常肄旧"这句话正可以看出武帝以前纵然有乐府，也不过是另一种
规模的乐府，那时绝没有采诗制度。既然如此就不必相提并论了。
　　乐府采诗的地域不限于"赵、代、秦、楚"，《汉书·艺文志》
著录的各地民歌有：

> 吴、楚、汝南歌诗十五篇；
>
> 燕、代讴，雁门、云中、陇西歌诗九篇；
>
> 邯郸、河间歌诗四篇；
>
> 齐、郑歌诗四篇；
>
> 淮南歌诗四篇；
>
> 左冯翊、秦歌诗三篇；
>
> 京兆尹、秦歌诗五篇；
>
> 河东、蒲反歌诗一篇；
>
> 雒阳歌诗四篇；
>
> 河南、周歌诗七篇；

周谣歌诗七十五篇；

周歌诗二篇；

南郡歌诗五篇。

从这里看出采集地域之广，规模之大。但总数一百三十八篇却并不算多，大约此外还有些不曾入乐的歌谣。也许汉哀帝刘欣"罢乐府"这件事不免使乐府里的民歌有所散失。《汉书·礼乐志》说刘欣不好音乐，尤其不好那些民歌俗乐，称之为"郑卫之声"。偏偏当时朝廷上下爱好这种"郑卫之声"成了风气，贵戚外家"至与人主争女乐"，使刘欣看着不顺眼，便决心由政府来做榜样，把乐府里的俗乐一概罢去，只留下那些有关廊庙的雅乐。裁革了四百四十一个演奏各地俗乐的"讴员"。此后乐府不再传习民歌，想来散失是难免的了。

东汉乐府是否恢复刘彻时代的规模制度，史无明文，但现存古民间乐府诗许多是东汉的，可能东汉的乐府是采诗的，至少东汉政府曾为了政治目的访听歌谣。据范晔《后汉书》的记载，光武帝刘秀曾"广求民瘼，观纳风谣"[①]。和帝刘肇曾"分遣使者，皆微服单行，各至州县，观采风谣"[②]。灵帝刘宏也曾"诏公卿以谣言举二千石为民蠹害者"（注云：谣言，谓听百姓风谣善恶，而黜陟之也）[③]。由此也可推想当时歌谣必有存录，而乐工采来合乐也就很

① 《后汉书·循吏传叙》。
② 《后汉书·季部传》。
③ 《后汉书·刘陶传》。

方便了。

到了魏、晋，乐府机关虽然不废，采诗的制度却没有了①。旧的乐府歌辞，有些还被继续用着，因而两汉的民歌流传了一部分下来。六朝有些总集专收录这些歌辞②，到沈约著《宋书》，又载入《乐志》。

南朝是新声杂曲大量产生的时代，民歌俗曲又一次被上层阶级所采取传习，不过范围只限于城市，内容又不外乎恋情，不能和汉朝的采诗相比。

后魏从开国之初就有乐府。那时北方争战频繁，似乎不会有采诗的事。但"横吹曲辞"确乎多是民谣，传入梁朝，被转译保存，流传到现在。

从上述事实看来，汉、魏、六朝民歌的写定和保存，主要靠政府的乐府机关。但由于私家肄习，民间传唱而流传的大约也不少。汉哀帝罢除乐府里的俗乐之后，一般"豪富吏民"还是"湛沔自若"③，那时期该有不少民歌靠私家倡优的传习才得保存。现存古乐府歌辞有些是不出于《乐志》而出于"诸集"的④，大约都和官家乐府无关。像《孔雀东南飞》这篇名歌，产生时期是汉末，见于记录却晚到陈朝⑤，在民间歌人口头传唱的时间是很长的。

---

① 参看萧涤非《汉魏六朝乐府文学史》。
② 《隋书·经籍志》有《古乐府》《古歌录钞》等书。
③ 《汉书·礼乐志》。
④ 如《陇西行》古辞，《乐府解题》云："此篇出诸集，不入《乐志》。"
⑤ 徐陵《玉台新咏》开始记录这篇诗。

二

顾亭林《日知录》说："乐府是官署之名……后人乃以乐府所采之诗名之曰乐府。""乐府"从机关名称变为诗体名称之后，又有广狭不同的意义，狭义的乐府指汉以下入乐的诗，包括文人制作的和采自民间的。广义的连词曲也包括在内。更广义的又包括那些并未入乐而袭用乐府旧题，或摹仿乐府体裁的作品。甚至记录乐府诗的总集，如《乐府诗集》之类，也简称"乐府"。

这一本选集所收的只是从汉到南北朝的乐府诗，主要的是入乐的民间作品，而以少数歌谣作为附录。

这些诗在宋人郭茂倩所编的《乐府诗集》里分别隶属于"鼓吹曲""相和歌""杂曲""清商曲""横吹曲"和"杂歌谣辞"六类。《乐府诗集》是收罗乐府诗最完备的书，其分类方法也被后人所沿用。前五类正是乐府诗的精华所在。

鼓吹曲是汉初传入的"北狄乐"，用于朝会、田猎、道路、游行等场合。歌辞今存"铙歌"十八篇。大约铙歌本来有声无辞，后来陆续补进歌辞，所以时代不一，内容庞杂。其中有叙战阵，有纪祥瑞，有表武功，也有关涉男女私情的。有武帝时的诗，也有宣帝时的诗，有文人制作，也有民间歌谣。

铙歌文字有许多是不容易看懂，甚至不能句读的，主要原因是沈约所说的"声辞相杂"①。"声"写时用小字，"辞"用大字。流

---

① 《宋书·乐志》四篇末所附识语云："汉'铙歌'十八篇按《古今乐录》皆声辞艳相杂，不可复分。"

传久了，大小字混杂起来，也就是声辞混杂起来，后世便无法分辨了。其次是"字多讹误"①。这些歌辞《汉书》不载，到《宋书》才著录，传写之间，错字自然难免，再其次是近人朱谦之所说的"胡汉相混"②。这是假定汉"铙歌"里夹有外族的歌谣，那也并不是不可能的。本编选录三分之一，都是民歌。

相和歌是汉人所采各地的俗乐，大约以楚声为主。歌辞多出民间。《宋书·乐志》说："凡乐章古辞今之存者，并汉世街陌谣讴，《江南可采莲》《乌生十五子》《白头吟》之属也。"便是指相和歌说的。内容有抒情，有说理，有叙事，叙事一类占主要地位（叙事诗是汉乐府的特色所在）。所叙的以社会故事和风俗最多，历史及游仙的故事也占一部分。此外便是男女相思和离别之作，格言式的教训，人生的慨叹等等。其中的大部分被选入本编。

《乐府诗集》的"杂曲"相当于唐吴兢《乐府古题要解》的"乐府杂题"，其中乐调多"不知所起"，因为无可归类，就自成了一类。这一类也是收存汉民歌较多的，和"相和歌辞"同为汉乐府的菁华之菁华。本编也选录其中大部。

南朝入乐的民歌全在"清商曲"之部。郭茂倩将这些民歌分为"吴声歌""神弦歌""西曲歌"三部分。"吴声""西曲"与相和曲及舞曲同属于隋唐清商部。《乐府诗集》将相和歌与舞曲另别门类，所余吴声西曲等，因为本是清商的一部分，就姑从其类，

---

① 《乐府诗集》卷十六引《古今乐录》云："汉'鼓吹铙歌'十八曲，字多讹误。"
② 见朱谦之《中国音乐文学史》。

名为清商^①。上述三部共四百八十五首，本编选入七十首。

横吹曲是军中马上所奏，本是西域乐，汉武帝时传到中国来。汉曲多已亡佚。《乐府诗集》的"梁鼓角横吹曲"是从北朝传来。其歌辞除二三曲可能是沿用汉魏旧歌（也是因流行于北方，辗转传到江南的）外，都是北朝民间所产。其中一部分从"虏言"翻译，一部分是北人用"华言"创作的^②。本编选入三十八首。

《乐府诗集》的"杂歌谣辞"一类收录上古到唐朝的徒歌与谣、谶、谚语。其中最可注意的是那些民谣。民间歌谣本是乐府诗之源，附录在乐府诗的总集里是有意义的。不过《乐府诗集》所收，有些是伪托的古歌，有些是和"诗"相距很远的谶辞和谚语，另一方面，有些有意思的歌谣又缺而不载，其采录标准是有问题的。本编附录的歌谣不以《乐府诗集》所收者为限。

本编也选入几首"古诗"，这里应该说明。所谓古诗本来大都是乐府歌辞，因为脱离了音乐，失掉标题，才被人泛称作古诗。朱乾《乐府正义》曾说："古诗十九首，古乐府也。"虽不曾举出理由，还是可信的。从现存的古诗（不限于"十九首"）观察，其中颇有些痕迹表明它们曾经入乐，一是诗句属歌人口吻，如"四座且莫喧，且听歌一言，请说铜炉器，崔嵬象南山"^③。梁启超认为"正与赵德麐《商调蝶恋花序》中所说：'奉劳歌伴，先调格调，后听芜词'，北观别墅主人《夸阳历大鼓书引白》所说：'把丝弦儿弹

---

① 据王易《乐府通论》。
② 详见孙楷第《梁鼓角横吹曲用北歌解》，《辅仁学志》第十三卷第一第二合期。
③ 《玉台新咏》，《古诗八首》之一。

起来就唱这回’相同，都是歌者对于听客的开头语”。梁氏并据此判定"流传下来的无名氏古诗亦皆乐府之辞"①。二是有拼凑成章的痕迹，如"十九首"之一的《东城高且长》篇就是两首（各十句）的拼合②。《凛凛岁云暮》篇中的"眄睐以适意，引领遥相睎"二句也是拼凑进去的句子③，其余如《孟冬寒气至》一首也有拼凑嫌疑。乐工将歌辞割裂拼搭来凑合乐谱，是乐府诗里常见的情形④，如非入乐的诗便不会如此。三是有曾被割裂的痕迹。如《行行重行行》篇。据《沧浪诗话》，宋人所见《玉台新咏》有将"越鸟"句以下另作一首的，可能这首诗曾被分割过，或因分章重奏，或因一曲分为两曲。这也是乐府诗才有的现象⑤。四是用乐府陈套，如用"客从远方来"五个字引起下文，就是一个套子⑥。惯用陈套又是乐府特色。五是古诗《生年不满百》一篇和相和歌《西门行》大同小异，正如《相逢行》和《长安有狭斜行》的关系，可能是"曲之异辞"。六是有几篇古诗在唐宋人引用时明明称为"古乐府"，如《迢迢牵牛星》《兰若生春阳》等⑦。这些情形似乎够证明朱乾和梁启超的假定了。"古诗"里有些反映农村，如《上山采蘼芜》《十五从军征》，

---

① 《中国美文及其历史》。

② 张凤翼《文选纂注》，王渔洋《古诗选》，刘大櫆《历朝诗约选》都将此篇分做两首。此篇后十句和前十句不但意思不连接，情调也不同，显然是两首的拼合。

③ 胡克家《文选考异》曰："'六臣本'校云：善无此二句。此或'尤本'校添，但依文义，恐不当有。"

④ 详见余冠英《汉魏六朝诗论丛·乐府歌辞的拼凑和分割》。

⑤ 同上。

⑥ 同上。

⑦ 前者见《玉烛宝典》，后者见李善《文选注》，另有几篇详本书注释。

有些反映城市，如《青青陵上柏》《西北有高楼》，都是"一字千金"。本编所选以具有上述第六项条件者为限。

<h1 style="text-align:center">三</h1>

汉魏六朝乐府诗所以是珍贵的文学遗产，一则因为它本身是反映广大人民生活，从民间产生的或直接受民间文学影响而产生的艺术果实；二则这些诗对于中国诗歌里现实主义传统的形成起了极大的作用。为了说明这两点，得先提《诗经》。

《诗经》本是汉以前的"乐府"，"乐府"就是周以后的《诗经》。《诗经》以"变风""变雅"为菁华。"乐府"以"相和""杂曲"为菁华。主要的部分都是"感于哀乐，缘事而发"的里巷歌谣。都是有现实性的文学珠玉。诗经时代和乐府时代隔着四百年，这四百年间的歌声却显得很寂寞。并非是人民都哑了，里巷之间"饥者歌其食，劳者歌其事"① 还是照常的，可不曾被人采集记录。屈原曾采取民间形式写出《九歌》《离骚》等伟大诗篇，荀卿也曾采取民间形式写了《成相辞》，而屈荀时代的民歌却湮灭不见，这是多么可惜的事！因此我们更觉得汉代乐府民歌能够保存下来是大可庆幸的。

汉乐府民歌被搜集的时候正当诗歌中衰的时代，那时文人的歌咏是没有力量的。将乐府民歌和李斯《刻石铭》、韦孟《讽谏诗》或司马相如等人的《郊祀歌》来比较，就发现一面是无生命的纸

---

① 见何休《公羊传注》。

花，一面是活鲜鲜的蓓蕾。《江南可采莲》《枯鱼过河泣》的手法固然不是步趋"骚""雅"的文人所能梦见；孤儿的哭声，军士的诅咒也不是"倡优所畜"的赋家所肯关心。乐府之丰富了汉代诗歌，简直是使荒漠变成了花园，这是有目共睹的事实，说明倒是多余的了。南北朝民间乐府在颜延之、谢灵运、任昉、沈约的时代，又是文学的新血液，新生命，情形也正相似。

那么，这些诗和《诗经》相比怎样呢？就诗的精神说，《诗经》和乐府是相同的。就具体的诗说，乐府绝不是《诗经》所能范围，虽然传统的看法是《诗经》的地位高得多。里巷歌谣也是发展进步的，四百年后的里巷歌谣必然有其"新变"。最显著的当然是诗形的进步，从语言观点看，五言的、七言的、杂言的乐府诗体当然胜过以四言为主的《诗经》体。再就题材说，像《雉子班》《蜨蝶行》《步出夏门行》《孤儿行》《妇病行》《东门行》等等无一不是新鲜的。就是拿题材相同的诗来比，乐府还照样给人新鲜之感。将写爱情的《上邪》比《柏舟》，写战阵的《战城南》比《击鼓》，写弃妇的《上山采蘼芜》比《谷风》和《氓》，写怀人的《青青河畔草》《冉冉孤生竹》比《卷耳》和《伯兮》，或各擅胜场，或后来居上，绝不是陈陈相因。假如把最能见汉乐府特色的叙事诗单提出来说，像《陌上桑》《陇西行》《孤儿行》《孔雀东南飞》那样，相应着社会人事和一般传记文学的发展而发展起来的曲折淋漓的诗篇，当然更不是《诗经》时代所能有。

总之，从乐府回顾汉武帝以前的文学，可以见出乐府的推陈出新。如再看看建安以下的文学，又可以发现乐府的巨大影响。

中国诗史上有两个突出的时代，一是建安到黄初①，二是天宝到元和②。也就是曹植、王粲的时代和杜甫、白居易的时代。董卓之乱和安史之乱使这两个时代的人饱经忧患。在文学上这两个时代各有自的特色，也有共同的特色。一个主要的共同特色就是"为时而著，为事而作"的现实主义精神。"为时为事"是白居易提出的口号。他把自己为时为事而作的诗题做"新乐府"，而将作诗的标准推源于《诗经》③。现在我们应该指出，中国文学的现实主义精神虽然早就表现在《诗经》，但是发展成为一个延续不断的，更丰富、更有力的现实主义传统，却不能不归功于汉乐府。这要从建安黄初所受汉乐府的影响来看。

建安黄初最有价值的文学就是那些记述时事，同情疾苦，描写乱离的诗。例如曹操的《薤露行》《蒿里行》，以乐府述时事，写出汉末政治的紊乱和战祸的惨酷。王粲的《七哀诗》也描写出当时的乱离景象。陈琳的《饮马长城窟行》、阮瑀的《驾出郭北门行》和曹植的《泰山梁甫行》又各自写出社会苦难的一面。

此外如曹丕六言诗"白骨纵横万里，哀哀下民靡恃"，也是写乱后情形，和曹操、王粲所注目者相同。至于蔡琰的《悲愤诗》，记亲身经历，更是惨痛。诗中写"胡羌"的残暴说：

　　卓众来东下，金甲耀日光。平土人脆弱，来兵皆胡羌。

---

① 公元196—226。
② 公元742—820。
③ 见白居易《与元九书》。

猎野围城邑，所向悉破亡。斩截无孑遗，尸骸相撑拒。马边悬男头，马后载妇女。长驱西入关，迥路险且阻。还顾邈冥冥，肝脾为烂腐。所掠有万计，不得令屯聚。或有骨肉俱，欲言不敢语。失意几微间，辄言"毙降虏。要当以亭刃，我曹不活汝！"岂敢惜性命，不堪其詈骂。或便加捶杖，毒痛参并下。旦则号泣行，夜则悲吟坐。欲死不能得，欲生无一可。彼苍者何辜，乃遭此厄祸！

也有不用乱离疾苦做题材，而从另一面反映社会的诗，如曹植的《名都篇》，暴露都市贵游子弟的生活。这也是有现实性的。这些例子表明这一个时代的文学精神，这精神是直接从汉乐府承受来的。这些诗百分之九十用乐府题，用五言句，用叙事体，用浅俗的语言，在形式上已经看出汉乐府的影响。如再把《东门行》《妇病行》《孤儿行》等篇和曹、王、陈、阮的社会诗比较，更可看出他们的渊源。这些诗人一面受西汉以来乐府诗影响，或许一面也受当时民歌的影响。当时的民间既产生《孔雀东南飞》，料想还有其他同类的民歌。

　　由于曹操父子的提倡，邺中文士大都勇于接受从乐府发展出来的通俗形式，也承受乐府诗"缘事而发"的精神。他们身经乱离，遭受或目击许多苦难，所以肯正视当前血淋淋的现实，不但把社会真相摄入笔底，而且贯注丰富的感情。这样的文学自有其进步性。晋宋诗人没有不受建安影响的，傅玄、鲍照独能继承上述的文学精神。到南齐、梁、陈，"众作等蝉噪"①，文学被贵阀和宫廷包办。许多作者生活腐烂，许多作品流于病态。建安以来的优良传统几乎斩断。幸而为时不长，唐代诗人从各阶层涌出，文学标准又有转变，"汉魏风骨"再被推崇②。陈子昂的《感遇诗》，大半讽刺武后朝政③，格调和精神都"可使建安作者相视而笑"④，而且为"杜陵之先导"⑤。到杜甫时代，社会苦难加深。杜甫有痛苦的流离经验，有深厚的社会感情，了解生活实在情况。他继承建安以来的文学精神，并且大大地发扬了它。元稹、白居易佩服他的"三吏""三别"一类诗，尤其称赞他"即事名篇，无复依傍"⑥，就是说他作乐府诗而能摆脱乐府古题，写当前的社会。他们也学杜甫的榜样，做"因事立题"的社会诗，称为"新题乐府"或"新乐府"。不过这种叙事写实的诗体还是从汉乐府来的，这种诗的精神也是从汉乐府来的，不是创自元、白，也不是创自杜甫。仇兆鳌说杜甫的《新婚别》"全祖乐府遗意"⑦，为了指明传统，这样说法是有意义的。

这个时代里许多作者如元结、韦应物、顾况、张籍等都有反映社会，描写现实的诗（大都用乐府题目和形式）。元、白两人且

---

① 韩愈诗。
② 陈子昂《与东方左史虬修竹篇序》。
③ 参看陈沆《诗比兴笺》。
④ 《修竹篇序》。
⑤ 《诗比兴笺》。
⑥ 元稹《古题乐府序》。
⑦ 《杜少陵集详注》。

大张旗鼓来宣传提倡。他们事实上继承了汉乐府和建安诗人的传统，但同时抬出《诗经》来做旗帜。这时的诗人对《诗经》的看法已经和汉朝人不同，他们已经认识"风雅比兴"的真精神了。不过说到影响，比较起来汉乐府对于他们还是较切近、较直接的。在中国文学史上里巷歌谣影响文人制作并不止这一回，但是在内容上发生这么大作用的例子还不多，汉乐府在文学史上的价值也可以从这里去估量。

四

以下是关于本书体例的话：

一、关于选诗。选的范围和标准从上文已经可以见出。大致汉代乐府古辞选得最宽，因为流传的篇数本来少。其形形色色方方面面大都影响后来文学，也大都有值得注意之点。从本编所选，大体上可以认识汉乐府的精神和面貌。其次是北朝民间乐府，反映社会的面也算是广大的，其直率伉爽的风格，在中国诗里很突出，对唐诗颇有影响。本编也尽量多选。又其次是南朝（指东晋至陈末）民间乐府。这一类多写男女私情，题材既少变化，形式也差不多，选的时候着眼在感情的真挚健康与否，和表现手法的新鲜与否。去其重复和太"艳"的。附录歌谣，取其反映人民对于统治阶级的反抗，或歌颂民族英雄，描写人民生活，歌咏大自然，而艺术可观的。

二、关于校勘。各篇以影印汲古阁本《乐府诗集》做底子，和其他总集、乐志、专集、类书等互校。凡遇可供参考的异文便用小字夹注在正文之下。其中如有正误优劣很显明，校者认为应从"一本"的，便在夹注的字旁加着重点来表示。十分显明的误字就随手改正。必要的校语附在注释里。如有衍文或只表声音并无意义的字，用〔〕号表明。

三、关于注释。各篇先释字句，后述诗意（明白易晓的诗从略）。间有关于本事或背景的说明和作者介绍之类都附在后面。为了让读者省力，竭力少引书名、人名，引用古书的时候，较难的都译为白话。注释者的创说也并不特别说明，因为普通读者不需要知道哪是旧说、哪是新解，而专家学者不需说明自能辨别。至于篇题的解释往往从缺，因为乐府题只可从声调去解释，而声调久已失传，不可得闻。过去也有人"望文生义"地去求乐府题之"义"，那显然是行不通的。

笔者想象本书读者是语文修养相当于初中以上的程度，而且对于古典文学有兴趣的。注释虽用白话，有时为了依从习惯，省略字句，并不曾全汰去文言。例如"以，用也"。或"亲交犹亲友"，都不是白话，但相信不会增加阅读困难。

朱自清先生曾提倡用白话注解古典文学，他自己曾作过《古诗十九首释》[①]。闻一多先生也曾发愿要做这样的工作，他的《风诗类钞》里一部分注解是用白话作的[②]。本书注释曾参考他们的方法。

四、关于排列。各篇大致以时代为序。"铙歌"是西汉辞，排

---

① 见《朱自清文集》第二册。
② 见《闻一多全集》辛集。

在最前。其次是"相和歌"，小部分是西汉辞，大部分是东汉辞。其次是"杂曲"，小部分时代不明，大部分是东汉辞（南朝"杂曲"二首，移到"清商曲"后）。再其次是"清商曲"，是晋、宋、齐辞。又其次是北朝歌，是苻秦到后魏的产品。附录歌谣，大都反映历史，全依时代排列。并未打乱《乐府诗集》的分类，这样对于读者也有方便。

有几篇汉乐府"本辞"以外又有"晋乐所奏"的辞，因为字句有出入，可以参看，往往两辞同时选录。本编先列本辞，后列晋辞，和《乐府诗集》相反。

以上就是本书的凡例。笔者不敢妄想这本书成为完善的本子，但总希望它是一个可读的本子。在注释方面，不敢妄想解决乐府诗字句上所有的疑难问题，但希望比以往的注释多解决几个问题。这类工作本该是积累经验，逐渐进步的，假如做得有一点成绩，并不值得满足，不过表示不曾敷衍塞责罢了。临了儿，谢谢给我许多帮助的吴组缃先生、俞平伯先生和马汉麟先生。他们都曾对我的工作提过可宝贵的意见，使我随时发现应修改的地方。吴先生和我讨论的次数最多，他并曾将本书原稿细细校阅过一遍，指出每一个他认为可商量的地方，连标点符号也不曾放过。

现在这本书疏漏的地方一定还不少，希望读者随时指出来，帮助我改正。

余冠英

一九五〇年，十月二十四日。清华园。

第一部分

汉魏乐府古辞

朱鹭

【题解】

这是咏鼓的歌，鼓上的装饰作朱鹭衔鱼形象（用鹭鸟为装饰的鼓直到隋朝还有，见《隋书·乐志》）。歌辞大意是说：朱鹭已经把鱼呕出来了，鹭鸶吃什么？本来是吃鱼的呀，现在不把鱼吃下，又不吐掉，是要送给谏者吧（赠送礼物是表示敬意，敢谏之士是值得尊敬的人）？《禽经》所谓"朱鹭不吞鲤"，就是因这种鼓饰产生出来的传说。

朱鹭①，鱼以乌②。〔路訾邪〕鹭何食③？食茄下④。不之食，不以吐，将以问谏者⑤？

【注释】

① 朱鹭：朱色的鹭鸟，是鼓上的装饰。
② 以：同"已"。乌：读为"欤"。欤，呕也。
③ 路訾邪：都是表声的字，无意义。汉铙歌常有声和辞相混杂的例（说见本书前言），本篇是其中之一。
④ 茄：古"荷"字。荷下暗指鱼。
⑤ 问谏者：问就是赠予。古代有所谓谏鼓，人臣有事向君主进谏就击鼓。谏者指来击鼓进谏的人。

战城南

【题解】

这是诅咒战争的诗。

战城南，死郭北，野死不葬乌可食。为我谓乌①："且为客豪②，野死谅不葬，腐肉安能去子逃？"水深激激③，蒲苇冥冥④，枭骑战斗死⑤，驽马徘徊鸣。〔梁〕筑室⑥，何以南〔梁〕何北⑦一作何以北，禾黍而一作不获君何食？愿为忠臣安可得⑧？思子良臣⑨，良臣诚可思，朝行出攻，暮一作莫不夜归。

【注释】

① 我：诗人自称。

② 客：指死者。豪：读为"譹"，就是"号"。古人对于新死者须行招魂的礼，招时且哭且说，就是号。诗人要求乌先为死者招魂，然后吃他。

③ 激激：清也。

④ 冥冥：幽也。

⑤ 枭骑就是"骁骑"，良马也，喻战死的英雄，也就是指上文的"客"和下文的"忠臣"。

⑥ 梁：此篇和下篇四个"梁"字似均为表声之字。筑室：指土木工事。

⑦ 何以南何以北：言那些服工役的人为何也像兵士南北征调呢？壮丁都不能在乡从事生产，自然禾黍不能收获了。

⑧ 忠臣：指战死的军人。"愿为"句是说那些应役筑室而南北奔走劳苦致死的人，即使愿意痛快地战死，落个忠臣名号还得不着呢。

⑨ 良臣：指善于谋划调度的大臣。假如有良臣，纵然免不了打仗也可以少些死伤啊。

巫山高

【题解】

这是游子怀乡的诗。身在蜀土,东归不得,假想临淮远望的光景。

巫山高,高以大①。淮水深,难一作深以逝②。我欲东归,害〔曷〕不为③?我集无高曳④,水何〔曷〕汤汤回回⑤。临水远望,泣下沾衣。远道之人心思归,谓之何!

【注释】

① 以:犹"且"。

② 逝:速也。深以逝,就是深且急。

③ 害:音曷,何也。

④ 集:止也。此句是说:我要东归,为什么又不归呢?因为淮水深急,我停在水边,没有篙楫助我渡过啊。或疑"集"是"今"字之误,因为用古文写起来两字形状相近。高曳,当为"篙枻"。"枻"同"栧",楫也。

⑤ 汤汤回回:都是奔流之貌。

有所思

这是情诗，叙女子要和她的情人断绝，下了决心，但回想起当初定情时偷偷地相会，惊鸡动犬，提心吊胆的光景，又觉得很难断绝。究竟绝不绝呢？她说：等天亮了，天日自会照彻我的心。

有所思，乃在大海南。何用问遗君①？双珠瑇瑁簪②，用玉绍缭之③。闻君有他心，拉杂摧烧之。摧烧之，当风扬其灰。从今以往，勿复相思！相思与君绝！鸡鸣狗吠，兄嫂当知之。〔妃呼豨〕秋风肃肃晨风飔④，东方须臾高知之⑤。

【注释】

① 问遗：赠予也。"何用问遗君"就是说拿什么送给你呢？

② 簪：古人用来连接冠和发髻，横穿髻上。簪长一尺，两端悬挂珠玉等饰物。"双珠瑇瑁簪"是簪的两端各悬一珠。

③ 绍缭：缠绕也，挂珠的练，用玉装饰。

④ 妃呼豨是表声的字。肃肃：即飔飔，风声。晨风：鸟名，就是鹯，和鹞子是一类，飞起来很快。飔：疾速。

⑤ 高：读为"皜"，东方皜就是东方白。

上邪

【题解】

这也是情诗，似和上篇有关联，有人认为应合为一篇。两篇是同一女子的话，上篇考虑和情人断绝，欲决未决，这篇是打定主意后的誓词。

上邪[①]！我欲与君相知[②]，长命无绝衰[③]。山无陵，江水为竭，冬雷震震，夏雨雪，天地合，乃敢与君绝！

【注释】

① 上：指天。邪：音耶。上邪犹言"天啊"，指天为誓。

② 相知：相亲也。

③ 命：令也，使也。从"长命无绝衰"以下是说不但要"与君相知"，还要使这种相知成为永远，除非天地间起了亘古未有的大变化，一切不可能的变为可能，如高山变为平地等等，咱们的交情才会断绝。

雉子班

【题解】

　　这诗写雉鸟亲子死别的哀情，三次呼唤"雉子"，语调感情大有分别，第一个"雉子"是爱抚，第二是叮嘱，最后是哀呼。

　　"雉子①，班如此②！之于雉梁③。无以吾翁孺④，雉子！"知得雉子高蜚止⑤。黄鹄蜚⑥，之以千里王可思⑦。雄来蜚从雌，视子趋一雉。"雉子！"车大驾马滕⑧，被王送行所中⑨。尧羊蜚从王孙行⑩。

　　　　　　　　　　　　　　　（以上鼓吹曲辞·汉铙歌）

【注释】

① 雉子就是小野鸡。
② 班：同"斑"。老雉呼唤小雉，夸赞他羽毛斑斓好看。
③ 之：往也。梁：和"粱"通。"之于雉梁"就是说去到野鸡可以吃粱粟的地方。
④ 无以吾翁孺：吾，应作"俉"。俉，迎也。翁孺指人类。老雉嘱咐小雉对于人类无论老少都要避着点儿。
⑤ 蜚：同"飞"。老雉知道小雉被人捕得，赶紧高飞来到。
⑥ 黄鹄是一种大鸟，能远飞。
⑦ 千里：《乐府诗集》"千里"两字误合成"重"字，据《乐府古题要解》改正。"之以千里"是说一飞以千里计算。王：读去声，就是旺。"王可思"是说气力旺盛可慕。雉飞行不快，力又不长，所以羡慕黄鹄。
⑧ 滕：通"腾"。腾，驰也。
⑨ 王送，应从庄述祖校改作"生送"，就是活生生地送去。行所：是天子所在的地方，也可以称行在或行所。
⑩ 尧羊：读为"翱翔"，古音近。王孙：指猎获雉子的贵人，和雉子同在车上。飞随王孙也就是飞随雉子。

公无渡河

这是汉乐府里最短的歌辞，和最长的《孔雀东南飞》同是写夫妇殉情之作。《乐府诗集》把这篇附在《相和六引·箜篌引》下。据《古今注》，朝鲜津卒霍里子高一天早起撑船，见一个"白发狂夫"，不顾危险，横渡急流。他的妻追来拦阻不及，夫堕河而死，妻亦投河自杀。自杀前弹着箜篌唱出这几句哀歌。子高的妻丽玉因而创造了《箜篌引》之曲。

公无渡河^①，公竟渡河。堕河而死，当奈公何！

【注释】

① 公：对男子长者的尊称。无：禁止之词，和"毋"相同。

江南

【题解】

这首是采莲歌，歌咏在良辰好景中嬉游的乐趣。"鱼戏莲叶东"以下可能是和声。"相和歌"本是一人唱，多人和的。

江南可采莲，莲叶何田田^①！鱼戏莲叶间。鱼戏莲叶东，鱼戏莲叶西，鱼戏莲叶南，鱼戏莲叶北。

【注释】

① 田田：莲叶盛密的样子。

东光

【题解】

这诗反映从征南越军人的悲怨之情。武帝征南越,当时臣民多不愿意,朝廷虽以关内侯的高爵来鼓励,也激不起从军的热情。元鼎五年(前 112)的大出兵,所征发的多半是罪犯。行军所经多是南方卑湿之地,所谓"瘴乡",如不是土著,没有不以为苦的。这诗开头说"东方明","苍梧不明",便是早晨瘴雾浓厚,不见太阳的光景。所以结尾又说"早行多悲伤"。中间两句是说尽管苍梧有吃不尽的粮,对于诸军是毫无用处的。因为苍梧这么远,道路这么艰难,谁知道能不能顺利到达呢?强迫人民从事侵略战争,人民当然不会有战斗的热情。

东光乎^①?仓梧何不乎_{两乎字一作平}^②?仓梧多腐粟^③,无益诸军粮^④。诸军游荡子^⑤,早行多悲伤。

【注释】

① 东光:东方明也。
② 仓梧:地名,通常写作"苍梧",今广西梧州。不:即"否"字。开头两句是说:东方亮了罢?仓梧为什么还不亮呢?
③ 腐粟:在仓里腐烂了的粮食,古人以粟为黍稷粱秫的总称。仓有腐粟言粮多,吃不尽。
④ 诸军:指汉武帝元鼎五年征南越的军队。当时各军从江西、湖南、贵州出发,以番禺为目的地。其中一路取道苍梧。
⑤ 游荡子:离家在外游于四方的人称游子或荡子。

薤露

【题解】

这篇和下篇《蒿里》都是挽歌，出殡时挽柩人唱的。

薤上露一本露上有朝字①，何易晞②！露晞明朝更复落③，人死一去何时归！

【注释】

① 薤：植物名，叶细长，像韭菜。
② 晞：干也。
③ 落：谓露降。

蒿里

　　《薤露》和《蒿里》都是东齐产生的谣讴，《蒿里》比《薤露》更普遍些。宋玉《对楚王问》说：有人唱"下里"（就是蒿里），几千人和着他唱，等他唱"薤露"，只有几百人和他。崔豹《古今注》说《薤露》是王公贵人出殡时用的，《蒿里》是士大夫庶人出殡时用的。

　　蒿里谁家地①？聚敛魂魄无贤愚。鬼伯一何相催促②！人命不得少踟蹰。

【注释】

① 蒿里：古代迷信的说法，人死后魂魄聚居的地方，名为蒿里，又名薤里。蒿就是"薧"，也就是"槁"，人死则枯槁，故名。又名下里，因为假想的蒿里是在地下。
② 鬼伯：古代迷信说法中拘人魂魄的鬼卒。

乌
生

【题解】

这诗先叙乌惨死，次叙乌自责藏身不密，然后转念世情难测，善于藏身的鱼、鹿、黄鹄也不免遭人毒手，最后委之天命。

乌生八九子，端坐秦氏桂树间。唶我^①！秦氏家有游遨荡子^②，工用睢阳强^③，苏合弹^④。左手持强弹两丸，出入乌东西^⑤。唶我！一丸即发中乌身，乌死魂魄飞扬上天。阿母生乌子时，乃在南山岩石间^⑥。唶我！人民安知乌子处^⑦？蹊径窈窕安从通^⑧？白鹿乃在上林西苑中^⑨，射工尚复得白鹿

【注释】

① "唶我"是乌的哀鸣。（唶，叹声。我是语尾助词。）
② 游遨荡子就是荡子，"游""遨""荡"是同义字，古诗里常有这种重复。
③ 睢阳强：睢阳是春秋时代宋国地方，强是硬弓。《阙子》书里载有一个故事，说宋景公时有工人九年造了一把强弓，弓成而死。
④ 苏合：西域香名，用多种香料合成。苏合弹就是用苏合香和泥做成弹丸。这两句是说弓精弹贵。
⑤ 出入：犹往来。
⑥ 南山：即终南山，秦岭的主峰，在长安的南边。
⑦ 人民：指人类。
⑧ 蹊径：即狭路。窈窕：幽深貌。
⑨ 上林苑：在长安西南，其中多养鸟兽，供天子游猎。

脯^⑩。嗜我！黄鹄摩天极高飞，后宫尚复得烹煮之。鲤鱼乃在洛水深渊中，钓钩尚得鲤鱼口。嗜我！人民生各各有寿命，死生何须复道前后^⑪？

【注释】

⑩ 脯：干肉，这里用作动词，是说射得白鹿来制脯。

⑪ 死生：末二句说夭寿有命，死亡迟早不足计较，因死而连带提到生，"生"字无意义。

平陵东

【题解】

　　这诗写官吏贪暴。有人拿王莽时翟义的事附和这篇诗（翟义事见《汉书·翟方进传》），与诗意不合。

　　平陵东①，松柏桐，不知何人劫义公②。劫义公，在高堂下③，交钱百万两走马。两走马，亦诚难，顾见追吏心中恻④。心中恻，血出漉⑤，归告我家卖黄犊⑥。

【注释】

① 平陵：在长安西北七十里，汉昭帝葬处。古代坟地上常种松、柏、梧桐。平陵东边树木茂密的地方，就是"义公"被劫去的地方。
② 义公：义是形容字，和铙歌里的"悲翁"之"悲"，《孔雀东南飞》里的"义郎"之"义"用法相同。
③ 高堂下：似指官府，义公被官府所劫，勒索财物。现钱百万加上两匹走马（善跑的好马）就是官府索取的贿赂或赎金。
④ 恻：痛也。钱和马不容易筹措，看见吏人追逼，心里实在伤痛。
⑤ 漉：涸竭也。"血出漉"言其痛苦。
⑥ 卖黄犊：卖小牛来凑足应交的钱。

陌上桑

【题解】

  这是叙事歌曲。朱熹《语类》指出这篇歌辞的诙谐性，并认为罗敷的夫婿就是使君。这意见是值得注意的。罗敷故事似从秋胡故事演变，从悲剧变为喜剧。王筠《陌上桑》云："秋胡始停马，罗敷未满箱。"就把两事牵合在一起。本篇共分三解，"解"是乐歌的段落。

  日出东南隅①，照我秦氏楼。秦氏有好女，自名为罗敷②。罗敷喜一作善蚕桑，采桑城南隅。青丝为笼系③。桂枝为笼钩。头上倭堕髻④，耳中明月珠⑤。缃绮为下裙⑥，紫绮为上襦⑦。行者见罗敷，下担捋髭须⑧。少年见罗敷，脱帽一作巾着帩头⑨。

【注释】

① 隅：方也。北回归线以北地区见太阳东升稍偏南方。
② 秦罗敷：秦是当时普通的姓，罗敷也是当时女子习用的名。编唱这个故事的人随便给女主人翁这么一个名字，不一定实有其人。自名：自道其名，《初学记》作"自言名罗敷"。
③ 笼：篮子。系：系物的绳子。
④ 倭堕：即"委佗"或"婀嬺"，美好也。
⑤ 明月珠是大珠。古人穿耳戴珠，做装饰。
⑥ 缃：赤黄之色，就是杏黄。绮：有花纹的绫子。
⑦ 襦：短袄。
⑧ 下担：放下担子。髭：口上须。
⑨ 帩头：即绡头，是包头发的纱巾。古人以丝或麻织品束发然后加冠。帽大约是戴在绡头之上的，"脱帽着帩头"是说除下帽子，仅着绡头。这是少年自己炫耀的态度。

耕者忘其犁一作耕，锄者忘其锄。来归相怒怨，但坐观罗敷⑩。一解。

使君从南来⑪，五马立踟蹰⑫。使君遣吏往，"问是谁家姝⑬""秦氏有好女。自名为罗敷。""罗敷年几何？""二十尚不足，十五颇有余。""使君谢罗敷⑭，宁可共载不⑮？"罗敷前置一作致辞："使君一何愚⑯！使君自有妇，罗敷自有夫。"二解。

【注释】

⑩ 坐：因也。以上二句是说耕者、锄者归来互相抱怨，只因为看罗敷采桑，误了工作。一说，因为男子们痴看罗敷，爱慕罗敷，引起妻的愤怒，回家后发生诟诟。这也是可能的。此种叙写的作用是衬托罗敷的美。

⑪ 使君，是对太守或刺史的称呼，最早见于《后汉书·寇恂传》。

⑫ 五马：古代诸侯驾车用五匹马，汉太守也用五马。"五马立踟蹰"是说使君的车停止不进。

⑬ "问是谁家姝"是使君给吏人的命令。下文"秦氏有好女，自名为罗敷"是吏人的回复。（《玉台新咏》注云：一作"答云秦氏女，且言名罗敷"。）以下三句是使君和吏人的问答。"使君谢罗敷，宁可共载不？"是吏人代使君问罗敷的话。

⑭ 谢：问也。

⑮ 宁：问辞，犹其也。

⑯ 一何：犹何也。一是语助字。

"东方千余骑，夫婿居上头⑰。何用识夫婿⑱？白马从骊驹⑲，青丝系马尾，黄金络马头，腰中鹿卢剑⑳，可值千万余。十五府小史一作吏㉑，二十朝大夫，三十侍中郎㉒，四十专城居㉓。为人洁白皙，鬑鬑颇有须㉔，盈盈公府步，冉冉府中趋㉕。坐中数千人，皆言夫婿殊㉖。"三解。

【注释】

⑰ 上头：行列的前端。

⑱ 用：以也。

⑲ 骊：纯黑的马。

⑳ 鹿卢：滑车。通常写作"辘轳"。古代长剑之首用玉做成井辘轳形。

㉑ 府小史：太守府里的吏人。

㉒ 朝大夫、侍中郎都是官名。侍中在汉朝是加官，就是在原官上特加的荣衔。

㉓ "专城居"是说为一城之主，如州牧和太守。

㉔ 鬑鬑：长貌。白面长髯是当时男性美的标准。

㉕ 盈盈、冉冉都是美好而迟缓的样子，形容贵人的步法。"公府步"和"府中趋"等于今人所谓官步。公府是三公之府，府中指太守所居。

㉖ 殊：秀异出众也。

长歌行三首

青青园中葵，朝露待日晞①。阳春布德泽②，万物生光辉。常恐秋节至，焜黄华叶衰③。百川东到海，何时复西归？少壮不努力，老大徒伤悲！

这诗说万物盛衰有时，人应该及早努力。

其二

仙人骑白鹿，发短耳何长④！导我上太华⑤，揽芝获赤幢⑥。来到主人门，奉药一玉箱。主人服此药，身体日康强，发白更黑一作发白复还黑，延年寿命长。

古乐府里有些祝颂歌辞，多言神仙长寿，本书只抄此篇备格，其余概不入选。

【注释】

① 晞：见前《薤露》篇。

② 阳春布德泽：阳是温和，阳春是露水和阳光充足的时候，露水和阳光都是植物所需要的，都是大自然的恩惠，即所谓"德泽"。

③ 焜：犹"煇"，色衰枯黄貌。

④ 发短耳何长：是想象中仙人的形象，现在图画里的寿星老还是这样子（耳长向来被认为仙寿之相，《抱朴子》说"老子耳长七尺"）。

⑤ 太华：山名，就是西岳华山，传说中神仙常住的地方。

⑥ 揽：采取也。芝：菌类，古人以为灵草，吃了可以长寿。赤幢：指赤色芝草，芝像车盖，车盖亦名幢。

其三

岩岩山上亭⑦，皎皎云间星⑧，远望使心思⑨，游子恋所生⑩。驱车出北门，遥观洛阳城。凯风吹长棘⑪，夭夭枝叶倾⑫。黄鸟飞相追⑬，咬咬弄音声一作黄鸟鸣相追，咬咬弄好音⑭。伫立望西河，泣下沾罗缨⑮。

这是游子念亲的诗。"仙人骑白鹿"以下十句和"岩岩山上亭"以下十二句显然是各不相涉的两篇诗，但在合乐时拼成一篇歌辞，所以《乐府诗集》把它们作为一首。

【注释】

⑦ 岩岩：高貌。

⑧ 皎皎：明也。

⑨ 思：悲也。

⑩ 所生：指父母。

⑪ 凯风：南风。棘：枣树。

⑫ 夭夭：盛貌。《诗经·凯风》篇云："凯风自南，吹彼棘心。棘心夭夭，母氏劬劳。"以"凯风吹棘"比喻母亲抚养儿子，这里意思相同。

⑬ 黄鸟：鸟名，今名黄雀。

⑭ 咬咬：鸟声。以黄鸟追鸣比喻儿子的感情，也是本《诗经》。

⑮ 缨：冠上的两根索子，可以在颔下打结，使冠稳固。末二句"伫立望西河，泣下沾罗缨"是和吴起的事作联想。吴起战国时代卫国人，离国时和母亲诀别，说："不为卿相不复入卫。"后来母死，终不归。吴起曾做魏国西河的守将，后来被迫离开西河，临去时流下眼泪。

猛虎行

【题解】

    这诗以"猛虎""野雀"起兴，而着重在野雀，所以下文不涉及猛虎，这是所谓双起单承，古诗里这类的例子不少。"饥不从猛虎食"比喻不干非法的事，"暮不从野雀栖"比喻不干非礼的事，这都是自重自爱。末尾用问句表赞美。

    饥不从猛虎食，暮不从野雀栖①。野雀安无巢？游子为谁骄②？

【注释】

① 野雀：和家雀相对，家雀、野雀的比喻和现代的家花、野花意思相同。
② 骄：自重自爱的意思。

相逢行

【题解】

这诗极力描写富贵之家种种享受，似是娱乐豪贵的歌曲。这里反映着当时社会的一部分。其铺陈热闹处代表乐府诗的一种特色。

相逢狭路间，道隘不容车，不知何年少一作如何两少年，夹一作挟毂问君家①。君家诚易知，易知复难忘。黄金为君门，白玉为君堂。堂上置樽酒，作使邯郸倡②。中庭生桂树，华灯何煌煌。兄弟两三人，中子为侍郎一作中子侍中郎③。五日一来归④，道上自生光，黄金络马头，观者盈道傍。入门时左顾⑤，但见双鸳鸯⑥，鸳鸯七十二，罗列自成行。音声何噰噰⑦，鹤鸣东

【注释】

① 夹毂：犹夹车，轮之中央为毂。
② 作使：犹役使。邯郸倡：邯郸，赵地。倡，女乐也。《汉书·地理志》说赵俗女子多习歌舞，游媚富贵之家。
③ 侍郎：官名，东汉尚书有侍郎三十六人，秩各四百石。
④ 五日一来归：汉中朝官每五日有一次例假，叫作休沐。
⑤ 左顾：回顾也，左右都有回环之义。
⑥ "双鸳鸯"是说双双的鸳鸯，汉乐府常有这种省字法，《董逃行》"声声鸣"省为"声鸣"，《西门行》"步步念之"省为"步念之"，和此处省一个"双"字相似。
⑦ 噰噰：鸟声和也。鸳鸯和鹤都是珍禽，富贵人家的玩物。

西厢。大妇织绮罗^⑧，中妇织流黄^⑨，小妇无所为，挟瑟上高堂。丈人且安坐^⑩，调丝方未_{一作未遽央}央^⑪。

【注释】

⑧ 大妇、中妇、小妇：上文先述三子，这里说到三妇就是三子之妻。妇是对公姥而言。

⑨ 流黄，或作"留黄"，是黄紫间色的绢。

⑩ 丈人：在这里是对公姥的称呼。

⑪ 丝：指瑟上的弦。史书记载汉代豪贵生活，后堂丝竹往往昏夜不息。未央：未尽也。"未遽央"是古时成语，和未央同义。遽，或作"渠"，或作"讵"。

长安有狭斜行

【题解】

　　本篇有几个字似属传写错误，可以据《相逢行》校正，"挟毂"当作"夹毂"，"丈夫"当作"丈人"。"讵未央"当作"未讵央"。又本篇与《相逢行》同一母题，似是一曲之异辞，而《相逢行》以这篇为蓝本。篇末六句成为一个套子，被后人摘取摹仿，题为《三妇艳》。

　　长安有狭斜^①，狭斜不容车，适逢两少年，挟毂问君家。君家新市傍，易知复难忘。大子二千石^②，中子孝廉郎^③，小子无官职，衣冠仕洛阳^④。三子俱入室，室中自生光。大妇织绮纻一作罗，中妇织流黄，小妇无所为，挟琴上高堂。丈夫且徐徐，调弦讵未央。

【注释】

① 狭斜，又作"狭邪"，就是狭路。和后代以狭斜为青楼的意义不同。"狭斜不容车"和上篇"道隘不容车"意思相同。

② 二千石：汉代官吏的一个等级，东汉光武帝时二千石的俸是每月百二十斛谷。

③ 孝廉郎：孝廉是地方贡举的人才之一种，郎是在中央候差，有秩禄无定职的官，孝廉郎是以孝廉的资格为郎官（尚书郎就限定以孝廉充任）。

④ 衣冠：表示士大夫的身份。"小子无官职"是说现在尚无官职，但预祝他将来一定到洛阳去做官。

塘上行

　　从"蒲生我池中"到"弃捐箦与蒯"十八句，是弃妇之辞。后六句是入乐时拼凑，和上文不相连。这诗作者，众说纷纷。《文选》李善注引《歌录》云："《塘上行》，古辞，或云甄皇后造，或云魏文帝，或云武帝。"作古辞是。

　　蒲生我池中，其叶何离离^①！傍能行仁义^②，莫若妾自知。众口铄黄金^③，使君生别离。念君去我时，独愁常苦悲，想见君颜色，感结伤心脾。念君常苦悲，夜夜不能寐。莫以豪贤<small>一作豪发</small>故^④，弃捐素所爱^⑤。莫以鱼肉贱^⑥，弃捐葱与薤。

【注释】

① 离离：长貌。
② 傍：谓傍人。"傍能"二句言傍人能否施仁义于我，我自己知道最清楚。
③ 众口铄金是成语，言众人所毁骂，虽黄金这样坚固的东西也会销铄。二句言傍人并不行仁义于我，只是离间我们，使你弃我而去。
④ 豪贤，《艺文类聚》作"豪发"。"以豪贤故"是说为了更优秀的人物，"以豪发故"是说为了针尖大的细事，意思不同，但是都说得通，可以并存。
⑤ 捐即是弃。
⑥ 莫以鱼肉贱："鱼肉贱"是说当鱼肉价钱低廉，容易得到的时候。所谓贱，是以鱼肉本身的新价和旧价比较，不是和葱薤比较。"莫以"六句都是说不要因为较好的易得，便将较差的丢弃，也就是不要为新欢而弃旧好的意思。

莫以麻枲贱^⑦，弃捐菅与蒯^⑧。出亦复苦愁，入亦复苦愁，边地多悲风，树木何脩脩^⑩。从君一作军致独乐，延年寿千秋。

【注释】

⑦ 枲就是麻。

⑧ 菅：禾本科植物，筋可以做绳索。蒯：莎草科植物，茎可以编席或做绳索。

⑨ 脩脩，或作"翛翛"，本是鸟尾干枯不润泽的样子，这里形容树头被风吹得像干枯的鸟尾。

善哉行

【题解】

　　这是宴会时主客赠答的歌。一解是劝客尽欢，二解是颂客长寿，以上是主人致辞。三解客人答辞，说自惭寒缩，无可报答。四解又是主人之辞，说夜已快完，好友们来到我这里，我高兴得忘了寝食（《太平御览》四一〇引此诗作"忘寝与餐"，比《乐府诗集》作"饥不及餐"义长，上言月没，下言忘寝，正相应）。末二解是客人回答主人开头的致辞，以淮南王比颂主人，用意也是祝长生。正如曹植诗所谓："主称千金寿，宾奉万年酬。"

　　来日大难①，口燥唇干②。今日相乐，皆当喜欢。一解。经历名山，芝草翻翻③，仙人王乔④，奉药一丸。二解。自惜袖短，

【注释】

① 大难：这两字汉魏乐府常用，大，言其甚也。
② 口燥唇干：艰难困苦之状。《说苑》："干喉焦唇，仰天而叹。"用语和这里相同。
③ 芝草：传说中的神草，可以制仙药。
④ 王乔：传说中仙人名。仙人名为王乔的有三个，最早的王乔是周灵王太子王子乔，被浮丘公接上嵩山，成为有名的仙人。

内手知寒⑤。惭无灵辄，以报赵宣⑥。三解。月没参横⑦，北斗阑干⑧。亲交在门⑨，饥不及餐一作忘寝与餐。四解。欢日尚少，戚日苦多⑩，以何忘忧，弹筝酒歌。五解。淮南八公⑪，要道不烦⑫，参驾六龙⑬，游戏云端。六解。

【注释】

⑤ 内就是"纳"字。袖短就不能纳手。

⑥ 惭无灵辄，以报赵宣：灵辄和赵宣子的事见《左传》。赵宣子就是赵盾，曾经救过一个饿得快死的人，这人就是灵辄。后来晋灵公要杀赵盾，命卫兵攻击他。灵辄恰巧是晋灵公的卫兵之一，他倒戈护卫赵盾，救赵盾于险境。

⑦ 参：星名，二十八宿之一。参宿共七星，都属于猎户座。

⑧ 北斗：星名，在北方。共七星，聚成斗形。阑干：横斜貌。

⑨ 亲交：亲近的友人。

⑩ 戚：忧也。

⑪ 淮南八公：汉淮南王刘安好服食求仙，延聘方士。相传他和门客八公一同仙去。八公是苏非、李上等八人。

⑫ 要道：指神仙的道理。

⑬ 六龙：龙是传说中的神物。这句是说升天用六龙驾车。

陇西行

【题解】

这是描写并赞美"健妇"的诗。"为乐甚独殊"以上写天上星宿，和下文不甚连属。有人说这是以天上物物成双和凤凰将雏的乐趣和"好妇"的孤独相对照（诗里不曾提到她的夫与子），勉强可通。但乐府歌辞往往拼凑成篇，不问文义，遇到上下不连贯的地方，不必勉强串讲。本篇的起头就是《步出夏门行》的尾声，正是拼凑之一例。

天上何所有？历历种白榆 ①，桂树夹道生 ②，青龙对道隅 ③。凤凰鸣啾啾 ④，一母将九雏 ⑤。顾视世间人，为乐甚独殊。好妇出迎客，颜色正敷愉 ⑥，伸腰再拜跪 ⑦，问客平安不。请客北堂上，坐客毡氍毹 ⑧。清白各异樽 ⑨，酒上一作止正华

【注释】

① 历历：分明貌。白榆：星名。
② 桂树：也是指星而言，《纬书》里有"阳星之精生椒桂"的说法。道：指黄道。古人认为太阳绕地而行，黄道即想象中的太阳的轨道。
③ 青龙：指星，是东方七宿之称。隅：旁也。
④ 凤凰：也是指星，即鹑火。啾啾：凤鸣声。
⑤ 将：率领。
⑥ 敷愉：颜色鲜丽。（敷蔛是花开貌，孚瑜是美色，都和敷愉同音。）
⑦ 伸腰再拜跪：直起腰来行拜礼（抱手当胸，俯身），然后长跪。
⑧ 毡氍毹：较粗的毛褥，就是毡。（陇西羌、戎杂居，用毡氍毹见地方色彩。）
⑨ 清白各异樽：酒有清酒、白酒，清白各异樽是两种酒齐备，随客取用。

疏^⑩。酌酒持与客，客言主人持。却略再拜跪^⑪，然后持一杯。谈笑未及竟，左顾敕中厨^⑫，促令办粗饭^⑬，慎莫使稽留。废礼送客出^⑭，盈盈府中趋，送客亦不远，足不过门枢。取妇得如此，齐姜亦不如^⑮。健妇持门户^⑯，一一作亦胜一丈夫一作胜一大丈夫。

【注释】

⑩ 华疏：柄上刻有花纹的勺。上酒的时候将酒樽上的勺朝南放好。

⑪ 却略：稍稍退后。

⑫ 左顾敕中厨：敕是吩咐，中厨是内厨房，别于外厨。厨房在东边，从北堂东顾是面向左，所以说左顾。又左顾解做回顾也可以通，已见前。

⑬ 办：具备也。粗饭：即粗饭。

⑭ 废礼：犹言罢礼，终礼。

⑮ 齐姜：犹言齐国姜姓之女，用来作为高贵或美好女子的代表。《诗经·衡门》篇"岂其取妻，必齐之姜"，齐姜犹"齐之姜"。这里也可能指春秋时晋文公的夫人，她是齐桓公的宗女。她把丈夫从偷安的生活里救出来，使他能成就大事，是一个有远大识见的女子，正是古之健妇。

⑯ 健妇：犹言有丈夫气概的女子。

步出夏门行

【题解】

　　这诗写一个独居修仙的人和他的游仙经历。但并非认真庄重地写怪异，而时时用诙谐笔调。如说神仙道与天相扶，王父母住太山，太山离天四五里，都是荒唐捏造，使人发笑的话。这诗语意未完，《陇西行》中"凤凰鸣啾啾"四句似乎原来也属于此篇。

　　邪径过空庐①，好人常独居。卒得神仙道，上与天相扶②。过谒王父母③，乃在太山隅④。离天四五里，道逢赤松俱⑤，揽辔为我御⑥，将吾上天游⑦。天上何所有？历历种白榆，桂树夹道生，青龙对伏趺⑧。

【注释】

① 邪径：不依正东西或正南北的方向，抄近斜行，叫作邪径。穷塞之路也叫作邪径。
② 扶：犹沿也。神仙道就是神仙所走的路。与天相沿，可见还不是天上，不过挨着天罢了。
③ 王父母：东王父和东王母的简称。东王父本称东王公，和东王母同为《山海经》里的神怪，后演变为传说里的仙人。
④ 太山就是东岳泰山。
⑤ 赤松子：传说中古仙人名。
⑥ 辔：御马索。
⑦ 将：犹送也。
⑧ 白榆、桂树、青龙：都指星宿，见上篇。趺：俯也。

折杨柳行

　　本篇开头说人君糊涂一定有不良后果，下文就列举故事作为证明。第四解说众口一词，混淆是非，最为可怕，楚国既发生过卞和刖足那样的事，就难怪产生接舆那样的人了，因为从政总有危险，逃世才能远祸。这是感慨话。这篇虽是规诫而有浓厚感情，和箴铭不同。结构极像《韩非子·内储说经》，在汉乐府里很显得别致。

　　默默施行违①，厥罚随事来②。末喜杀龙逢③，桀放于鸣条④。一解。祖伊言不用⑤，纣头悬白旄⑥。指鹿用为马⑦，胡

【注释】

① 默默：即"墨墨"，昏暗也。违：不正也。
② 厥罚随事来：言其惩罚随着昏暗不正的事而来。
③ 末喜：即妹喜，又作"末嬉"，夏桀的妻。龙逢：即关龙逢，夏桀之臣。
④ 鸣条：在今山西夏县西。相传桀被商民族战败于鸣条，放逐而死。
⑤ 祖伊：商纣的贤臣，在周人战胜黎国的时候，曾告诉天命人心都不顺殷。
⑥ 白旄：竿头上有牦牛尾的旗子，用以指挥。周人入商，纣自焚而死，周武王斩下纣的头悬在旗竿上。
⑦ 指鹿用为马：秦二世胡亥宠任赵高，赵高专权作威，曾为了试验群臣是否敢于对他的话持异议，便指着一匹鹿而硬说是马，群臣有说是鹿的都被他杀害。胡亥终于被赵高逼死。

亥以丧躯。二解。夫差临命绝，乃云负子胥^⑧。戎王纳女乐，以亡其由余^⑨。璧马祸及虢^⑩，二国俱为墟^⑪。三解。三夫成市虎^⑫，慈母投杼趋^⑬。卞和之刖足^⑭，接舆归草庐^⑮。四解。

【注释】

⑧ 子胥：春秋时人，伍员的别号。伍员为了反对与越国讲和，屡谏吴王夫差，夫差不听，后因太宰嚭的谗间，被夫差赐死。夫差后被越国战败，临死时他说没有面目再见伍子胥。

⑨ 戎王纳女乐，以亡其由余：春秋时秦国与戎为邻。戎国有贤臣由余。秦穆公要离间其君臣，送女乐二人给戎王。由余被疏远，终于归秦。

⑩ 璧马祸及虢：春秋时晋献公要伐虢国，向虞国借路，以好马好玉送虞君。虞君贪这两件礼物，许晋军借路。晋军灭虢国后，回头又把虞国灭了。

⑪ 墟：土丘也。

⑫ 三夫成市虎：古代成语，言如连续有三个人都说市上有虎，无论有没有，人都信为真的了。

⑬ 慈母投杼趋：孔子弟子曾参住在费邑，费邑有和曾参同姓名的人犯了杀人罪，有人赶紧告诉曾参的母亲，说她儿子杀了人，她相信儿子的品行，不信人家的报告。一会儿又有别人报告，她仍旧不信，安安静静地织布。但等到第三个人又来报告时，她也慌了，扔下织布的杼跑了。

⑭ 卞和：人名。他曾献一块璞玉给楚厉王，厉王给其他玉工看，都说是石头。厉王一怒，砍去卞和的左脚。楚武王即位，他又去献这块玉，人家还说是石头，武王把他的右脚又砍了。直到楚文王时才证明他所献的是一块美玉。

⑮ 接舆：楚人，他不接受楚君的聘任，是古代所谓高士。

西门行 本辞

　　出西门，步念之^①：今日不作乐，当待何时一作今日尚不乐，当复待何时？逮为乐^②！逮为乐！当及时一作逮为乐，为乐当及时，不重出逮字。何能愁怫郁^③，当复待来兹^④？酿美酒，炙肥牛^⑤。请呼心所欢，可用解忧愁。人生不满百，常怀千岁忧。昼短苦夜长，何不秉烛游？游行去去如云除一作行去之^⑥，如云除^⑦，弊车羸马为自储。

【注释】

① 步念之就是"步步念之"，"之"字指下文。

② 逮为乐就是急为乐。

③ 怫郁：忧愁貌。

④ 来兹：来年也。

⑤ 炙：烧烤也，古代吃肉以燔炙为主。

⑥ 游行："游"字似为多出来的字。行：将也。去之：言离去此世。

⑦ 如云除：言如同云雾从天空除去，不留痕迹，这是说人生短暂。一说，云除即云衢。"如云除"是说往游于天上，就是游仙的意思。

西门行 晋乐所奏

【题解】

这是晋代乐府所用的歌辞，较之汉本辞有所增添，如"自非仙人王子乔"以下。也有所删除，如"行去之，如云除"两句。大约因为汉晋乐律不同，不能无所增改。其增添的部分是以古诗《生年不满百》篇为蓝本。而古诗《生年不满百》篇也是从《西门行》本辞演化出来的。

出西门，步念之：今日不作乐，当待何时？一解。夫为乐，为乐当及时。何能坐愁怫郁，当复待来兹？二解。饮醇酒①，炙肥牛。请呼心所欢，可用解愁忧。三解。人生不满百，常怀千岁忧。昼短苦夜长，何不秉烛游？四解。自非仙人王子乔②，计会寿命难与期③。自非仙人王子乔，计会寿命难与期。五解。人寿非金石，年命安可期？贪财爱惜费，但为后世嗤。六解。

【注释】

① 醇酒：对于淡酒、薄酒而言，是味厚而不杂的酒。

② 王子乔：见前《善哉行》。

③ 计会：算也。"难与期"是说不可希冀。下文"安可期"是说不可预料。

东门行 本辞

【题解】

这诗写一个男子因为穷困要做非法的事，其妻劝阻不听。"东门"外似乎就是他要去为非的地方，先去了一趟又回来，似乎他自己内心在斗争。回家后看看无衣无食的情形，又愤然下了决心，虽然"儿母"劝他看上天和孩子的分上别这样，他还是不理。

　　出东门，不顾一作愿归①。来入门，怅欲悲。盎中无斗米储②，还视架上无悬衣。拔剑东门去，舍中儿母牵衣啼③："他家但愿富贵，贱妾与君共铺糜④。上用仓浪天故⑤，下当用此黄口儿⑥。今非⑦！""咄⑧！行！吾去为迟⑨！白发时下难久居⑩。"

【注释】

① 不顾，《乐府古题要解》和《通志·乐略》引作"不愿"，义可并存。不顾是对于东门决然离去，不愿是对于归家踌躇不前。

② 盎：大腹小口的瓦盆。

③ 儿母：指妻，犹今语"孩子妈"。

④ 铺：同"哺"，食也。糜就是粥。

⑤ 仓浪：天空的青色（沧浪形容水色，苍筤形容竹色，仓琅形容铜色，字异义同）。

⑥ 黄口：幼也。

⑦ "今非"是说"现在的行为不对"，但参看晋乐所奏，似两字中间有脱文。

⑧ 咄：呼叱之声。

⑨ "行！吾去为迟"是说"走啦！我已经去晚啦！"

⑩ 下：落也。

东门行
晋乐所奏

出东门，不顾归。来入门，怅欲悲。盎中无斗储，还视桁上无悬衣①。一解。拔剑出门去，儿女牵衣啼②："他家但愿富贵，贱妾与君共铺糜。二解。共铺糜，上用仓浪天故，下为黄口小儿。今时清廉③，难犯教言④，君复自爱莫为非！三解。今时清廉，难犯教言。君复自爱莫为非！""行！吾去为迟！""平慎行，望君一作吾归⑤！"四解。

妻见劝阻丈夫不可能，只好说"平平安安地去吧，但仍然盼你回来"。最后一句话仍是望他改变主意。《宋书·乐志》作"望吾归"，便是丈夫的话，不及作"望君归"义长。

【注释】
① 桁：衣架。
② 儿女："女"应从本辞作"母"。
③ "清廉"是说时政清明廉洁。
④ 教言：指法令。
⑤ 平慎行，望君归：平慎就是平顺。

饮马长城窟行

【题解】

这诗写夫妇的情爱。末二句见出失望之情。在文意突变的地方换韵,古乐府常有此法。

青青河畔一作边草,绵绵思远道①。远道不可思,宿昔梦见之②。梦见在我傍,忽觉在他乡。他乡各异县,展转不相见③。枯桑知天风④,海水知天寒,入门各自媚⑤,谁肯相为言⑥!客从远方来,遗我双鲤鱼⑦。呼儿烹鲤鱼,中有尺素书⑧。长跪读素书⑨,书中竟何如?上言加餐食,下言长相忆。

【注释】

① 绵绵:长而不断之貌,又是细密之貌。这里的绵绵指思,也指草,思的绵绵由见了草的绵绵而起。

② 昔:与"夕"通。宿昔犹昨夜。之:指在远道的人。

③ 展转:即辗转,不定也。

④ 枯桑:落叶的桑树。这两句是说枯桑虽然无叶,对于风不会感不到,海水虽然不结冰,对于冷也不会感不到。那在远方的人,纵然感情淡薄,也不至于不知道我的孤凄,我的想念啊。

⑤ 媚:爱也。"各自媚"是说一般人都各爱自己所欢,不管别人的事。

⑥ 言:问讯也。"谁肯相为言"是说谁肯代捎个信儿呢?把远人没有音信归咎于别人不肯代为问讯。但想着想着,有客人捎着书信来了。

⑦ 双鲤鱼:指藏书信的函,就是两块木板,一底一盖,把书信夹在里面。这两块木板刻作鱼形。一说,尺素结成鱼形,即是缄。

⑧ 尺素就是书简的意思,素是生绢,古人在绢上写字。

⑨ 长跪就是伸长了腰跪着。古人席地而坐,坐时两膝着地,臀部压在脚后跟。跪时将腰挺直,上身就显得长了。

上留田行①

【题解】

本篇载《乐府广题》,《乐府诗集》引在本歌题下的注里，而不曾正式选录。《古今注》说《上留田》古辞内容是"人有父母死不厚其孤弟者，邻人为其弟作悲歌以讽其兄"。和本篇不相合。另有一篇《上留田》古诗，见《文选》陆士衡《豫章行》注引，合于《古今注》所说。其辞云："出是上独（胡克家云独当作留）西门，三荆同一根生，一荆断绝不长。兄弟有两三人，小弟块摧独贫。"后来李白的《上留田行》用义以后一篇为本，大约后一篇才是《上留田行》真正的古辞，不过两篇都不像是全章。

里中有啼儿，似类亲父子②。回车问啼儿，慷慨不可止③。

【注释】

① 上留田：地名。
② 亲父：所生父，别于继父。亲父之子就是同父的兄弟。
③ 慷慨：悲叹。

妇病行

【题解】

这诗写一个穷人妻死儿幼的凄惨情况。"缘事而发"本是汉乐府诗的特色，在叙事的社会诗里，像本篇和《东门行》《孤儿行》之类是最突出的。

妇病连年累岁，传呼丈人前一言①。当言未及得言，不知泪下一何翩翩②。"属累君两三孤子③，莫我儿饥且寒，有过慎莫笪笞④，行当折摇⑤，思复念之⑥！"乱曰⑦：抱时无衣，

【注释】

① 丈人：指病妇之夫。

② 翩翩：不息也。

③ 属累：托付也。

④ 笪：与"担"同。笪笞就是用棍子打。

⑤ 行：将也。折摇就是折夭。夭，早死也。病妇说这几个孩子不久也要死。

⑥ 思复念之："复"与"服"通，"服""念"常常连用，都和"思"同义。这里是三个同义字叠用（同样的例子古诗常有，如《离骚》的"览相观"，汉乐府的"戏游遨""游遨荡"等都是）。

⑦ 乱：音乐的最后一段，可能是合唱。

襦复无里⑧。闭门塞牖⑨，舍孤儿到市⑩。道逢亲交⑪，泣坐不能起。从乞求与孤买饵⑫。对交啼泣，泪不可止。"我欲不伤悲不能已。"探怀中钱持授。交入门，见孤儿啼索其母。抱徘徊空舍中。"行复尔耳⑬！"弃置勿复道⑭。

【注释】

⑧ 襦：短衣。上句"无衣"是说无长衣，这句是说虽有短衣也是单的。

⑨ 闭门塞牖：关上门并将窗洞堵塞，为了防野兽之类进屋伤害孩子，又防孩子跑出屋去。居处荒僻，离市远，所以如此（各本将"舍"字属上读，便成为孤儿到市）。

⑩ 舍：置也。丈人将孤儿放在屋里，自己离开孤儿到市上去。

⑪ 亲交：见《善哉行》。

⑫ 从：就也。与：为也。求亲交为孤儿买食物。可以有两说，一是自己没钱，向亲交行乞，原来到市上去的目的就是行乞；一是自己本有买饵的钱，请亲交代他到市上去买一趟，这样可以早点回家照顾孩子。两说都可以通。本书用前一说，因而"探怀"句在"授"字断句。亲交将钱给丈人去买食物，自己到他家去看看孩子，孩子正在啼哭要妈妈呢（一读到"抱"字为一句）。

⑬ "行复尔耳"是说"在不久的将来，孩子也要像他妈一样啊"！和病妇临终所说"行将折摇"的意思相同。

⑭ "弃置勿复道"就是说丢开别提罢。这句不属正文，是乐工口气，古乐府诗常有这样的例。

孤儿行

这是一篇血泪文字。它写的是一个孤儿的遭遇，也反映了当时奴婢的生活。它提出的问题是家庭问题也是社会问题。

孤儿生，孤子遇生①，命独当苦！父母在时，乘坚车，驾驷马②。父母已去③，兄嫂令我行贾④。南到九江⑤，东到齐与鲁⑥。腊月来归，不敢自言苦。头多虮虱⑦，面目多尘⑧。大兄言办饭⑨，大嫂言视马。上高堂，行取殿下堂⑩。孤儿泪

【注释】

① 遇：偶也。开头三句言孤儿偶然生到世上来，偏他命苦。

② 驷：四马驾车。

③ 已去：谓已死。

④ 行贾：往来贩卖。汉朝社会上商人地位低，当时的商贾有些就是富贵人家的奴仆。兄嫂命孤儿行贾是把他当奴仆使。

⑤ 九江：西汉九江郡治寿春，即今安徽寿州，东汉治陵阴，故城在今安徽定远西北六十五里。

⑥ 齐：西汉置齐郡，治临淄，即今山东临淄。后汉为齐国。鲁：汉置鲁县，即今山东曲阜。这歌的产地是九江之北，齐鲁之西，该是河南境内。

⑦ 虮：虱卵。

⑧ 面目多尘：句尾可能脱掉一个"土"字。因为这里应该有个韵脚，而且和上下比较，这里也该是五言句。

⑨ 办饭：见前《陇西行》。办饭、视马都是兄嫂给他的差遣。

⑩ 行：复也，如今口语里的"还"。取：读为"趣"，就是"趋"，快行也。殿就是高堂。趋殿下堂，就是跑向殿下之堂。办饭要上高堂，视马要下高堂，就这么上下奔走。

下如雨。使我朝行汲，暮得水来归。手为错⑪，足下无菲⑫。怆怆履霜，中多蒺藜⑬。拔断蒺藜肠月中⑭，怆欲悲。泪下渫渫⑮，清涕累累⑯。冬无复襦⑰，夏无单衣。居生不乐，不如早去下从地下黄泉⑱！春气动，草萌芽。三月蚕桑，六月收瓜。将是瓜车⑲，来到还家。瓜车反覆，助我者少，啖瓜者多⑳。愿还我蒂㉑，兄与嫂严，独且急归㉒，当兴校计㉓。

乱曰：里中一何哓哓㉔，愿欲寄尺书，将与地下父母，兄嫂难与久居！

【注释】

⑪ 错：读为"皵"，就是皮肤皴裂。
⑫ 菲，一作"屝"，就是草履。
⑬ 怆怆：悲也（或读为"跄跄"，行动趋走之貌）。履：践踏。
⑭ 蒺藜：一种蔓生的草，子有刺。肠：指"腓肠"，或名"腨肠"，就是胫骨后的肉。月：即"肉"字。
⑮ 渫渫：水流貌。
⑯ 累累：不绝也。
⑰ 复襦：和单襦相对，有里的短衣叫复襦，就是短袷袄。
⑱ 早去：早死也。下从：谓追随父母。黄泉就是地下。
⑲ 将车就是推车。
⑳ 啖：食也。
㉑ 蒂：瓜和藤相连接之处。孤儿无法禁止别人吃瓜，但要求还给他瓜蒂，以便点数。
㉒ 独且：独，将也。"且"是语助字。
㉓ 校计就是计较。
㉔ 哓哓：怒叫声。"里中哓哓"是兄嫂已经知道翻车的事，叫骂起来了，孤儿怕极，又想到死了。

雁门太守行

【题解】

《后汉书》说王涣"元兴元年病卒，民思其德，为立祠安阳亭西，每食辄弦歌而荐之"。这篇就是祭奠时所用歌辞。

孝和帝在时①，洛阳令王君②，本自益州广汉〔蜀〕民一无蜀字③，少行宦④，学通五经论⑤。一解。明知法令，历世衣冠⑥。从温补洛阳令⑦，治行致贤⑧。拥护百姓⑨，子养万民⑩。二解。外行猛政，内怀慈仁，文武备具，料民富贫⑪。移恶子姓

【注释】

① 孝和帝：东汉第四代皇帝，名肇，公元 89 年到 105 年在位。
② 王君：王涣字稚子，广汉郡郪县人。做过几任地方官，公元 105 年死在洛阳县令任所。
③ 益州：今四川省地，包括十一郡。广汉蜀民："蜀"字应该删去，《宋书·乐志》载本篇，无"蜀"字。广汉和蜀是两个郡，一人不能兼属两郡。
④ 行宦就是游宦，在外乡做官。
⑤ 五经论就是《五经》和《论语》。《论语》常简称"论"，如"鲁论""齐论""张侯论"，都只提一个字，大家都知道是《论语》。
⑥ "历世衣冠"是说王涣历代做官，他的父亲王顺曾任安定太守。
⑦ 温：地名，在今河南温县西南。
⑧ 治行：谓政绩。致：通"緻"，周密也。
⑨ 拥护：佑护、覆护之意，和今语拥护稍不同。
⑩ "子养"是说爱民育民如子。
⑪ 料：调查计算。

姓下一有名五二字^⑫，篇著里端^⑬。三解。伤杀人，比伍同罪对门^⑭。禁鳌一作镏矛八尺^⑮，捕轻薄少年，加笞决罪，诣马市论^⑯。四解。无妄发赋^⑰，念在理冤。敕吏正狱^⑱，不得苛烦。财用钱三十^⑲，买绳礼竿^⑳。五解。贤哉贤哉，我县王君。臣吏衣冠，奉事皇帝。功曹主簿^㉑，皆得其人。六解。临部居职，不敢行恩^㉒。青一作清身苦体^㉓，夙夜劳勤。治有能名，远近所闻。七解。天年不遂^㉔，早就奄昏^㉕。为君作祠，安阳亭西。欲令后世，莫不称传。八解。

【注释】

⑫ 移：传告。恶子：不受父母管束，为非作歹的子弟。"移恶子姓"句不完全，《宋书·乐志》和《后汉书》本传注引此诗都作"移恶子姓名五"。

⑬ "篇著里端"是说在里门上榜列公布出来。

⑭ 伤杀人，比伍同罪对门：五家为比，伍也是指五家。这句是说如有人犯了伤杀罪，要使罪犯的同比伍和对门的邻人连坐。

⑮ 鳌矛：未详。有人说应作"镠矛"，是一种长兵器。

⑯ 论：判决罪刑。

⑰ 发：兴办。赋：捐税。

⑱ 正狱就是治罪判囚。

⑲ 财：即"才"。

⑳ 买绳礼竿："礼"通"理"，治也。这两句是说贫民借得公田，用绳索竹竿来圈地，而所费不过三十钱罢了。

㉑ 功曹主簿：功曹掌管人事，主簿掌管文书，都是郡县的助理官吏。

㉒ "不敢行恩"是说不敢对人滥施恩惠。这就是上文所谓"外行猛政"。

㉓ "青身苦体"是说廉洁而且勤劳。

㉔ 天年不遂：遂，终也，言不能尽其天然的年寿。

㉕ 奄昏：犹云长夜。这两句是说王涣早死。

艳歌何尝行

【题解】

　　这篇是晋乐所奏。本辞不传。《玉台新咏》载《双白鹄》一篇，和这篇大同小异，从《双白鹄》可以窥测本辞面目。这篇晋辞应分作三部分：从开端到"泪下不自知"，是原歌主要部分，写白鹄的生别离。"念与"以下八句写人的生别离，似晋代所增加。"今日乐相乐"两句是乐府套语，乐工所加，和正文意义本不相连。这十句在音乐上也是自成节段，不算正曲，叫作"趋"。"趋"是照例在正曲之后的。附《双白鹄》篇："飞来双白鹄，乃从西北来。十十将五五，罗列行不齐。忽然卒疲病，不能飞相随。五里一返顾，六里一徘徊。'吾欲衔汝去，口噤不能开。吾将负汝去，羽毛日摧颓。''乐哉新相知，忧来生别离。踌躇顾群侣，泪落纵横垂。'今日乐相乐，延年万岁期。"

　　飞来双白鹄①，乃从西北来一作方。十十五五，罗列成行一作十十将五五，罗列行不齐。一解。妻卒被病②，行不能相随一无行字，

【注释】

① 鹄：天鹅。
② 卒：同"猝"，急也，暴也。被：负也。

一作忽然卒疲病，不能飞相随。五里一返顾，六里一徘徊。二解。"吾欲衔汝去，口噤不能开③。吾欲负汝去，毛羽何摧颓④。"三解。"乐哉新相知，忧来生别离⑤。踟蹰顾群侣⑥，泪下不自知一作泪落纵横垂。"四解。"念与君离别，气结不能言⑦。各各重自爱，远道归还难。妾当守空房，闭门下重关⑧。若生当相见，亡者会黄泉。"一无此八句。今日乐相乐，延年万岁期。"念与"下为趋。

【注释】

③ 噤：闭口也。

④ 摧颓：损毁也。

⑤ 来：语辞，"乐哉"和"忧来"相对。

⑥ 踟蹰：住足也。

⑦ 气结：即气塞，气沮。

⑧ 关就是门闩。

艳歌行二首

翩翩堂前燕，冬藏夏来见。兄弟两三人，流宕在他县^①。
故衣谁当补？新衣谁当绽^②？赖得贤主人^③，览取为吾组^④。
夫婿从门来，斜柯_{一作倚}西北眄^⑤。"语卿且勿眄，水清石自
见^⑥。"石见何累累^⑦，远行不如归。

其二

【题解】

这篇是写南山松树的遭遇，由野生野长到雕漆薰香，这遭遇在松
树是认为可悲的。这是轻荣禄重自然的思想。以上两篇都题为《艳歌
行》，"艳"是音乐名词，是正曲之前的一段。有人以为"艳歌"必有关
于男女夫妇，是误解，以为《南山石嵬嵬》一篇是写民间女子被采充

【注释】

① 流宕：远游也。开头四句是说远游的人在外流宕不归，不如燕子来去之有定时。
② 补、绽：补缀破洞叫作补，缝联裂缝叫作绽。"故衣""新衣"两句系连类偏举，"新
衣"句是陪衬，没有意义（新衣本不须绽）。
③ 贤主人：指女主人。下句"夫婿"指男主人。
④ 览：读为"揽"，揽就是取。组，就是"绽"字。
⑤ 斜柯：斜敧也，犹今语之歪。眄：斜视。
⑥ "水清石自见"是说心迹终可表明。
⑦ 石见何累累：比喻心迹大明。表明心迹本不难，可是何必在外流宕，自惹闲气
呢？最后两句包含许多牢骚和委屈。

后宫，自伤离别，是由误解生出来的误解。

　　南山石嵬嵬^⑧，松柏何离离^⑨，上枝拂青云，中心十数围^⑩。洛阳发中梁^⑪，松树窃自悲。斧锯截是松，松树东西摧。持作四轮车，载至洛阳宫。观者莫不叹，问是何山材。谁能刻镂此^⑫？公输与鲁班^⑬。被之用丹漆^⑭，熏用苏合香^⑮。本自南山松^⑯，今为宫殿梁。

【注释】

⑧　南山：见前《乌生》篇。嵬嵬：高大貌。

⑨　离离：林立貌。

⑩　中心：树木的本干。围：是表示圆周大小的名称。普通说法，两手拱抱，指尖相触，做成一个环，就是一围的大小。

⑪　"发"是说采伐，起运。中梁：犹"栋梁"。

⑫　镂：雕刻。

⑬　公输与鲁班：鲁国有巧匠名公输班。《吕氏春秋》和《淮南子》高注说："公输，鲁班之号也。"这里的"公输与鲁班"语气虽似指着两个人，意思还是指一个，就是说能刻镂这好材料的人，第一个是鲁班，第二个还是鲁班。这是夸赞松材，言除了那最有名的大匠，别人不配来雕刻它。

⑭　被：加也。丹：朱色。

⑮　苏合香：见前《乌生》篇。

⑯　本自：自就是"本"。两字是叠义连词。

白头吟 本辞

【题解】

这是写男有二心，女表决绝。语气决绝而又不舍，怨慕而抱期望。有人误认这篇是卓文君的作品。据《宋书·乐志》知道这篇和《江南可采莲》《乌生八九子》一类，同是汉代的"街陌谣讴"。与卓文君无涉。

皑如山上雪，皎若云间月①。闻君有两意②，故来相决绝③。今日斗酒会④，明旦沟水头，躞蹀御沟上⑤，沟水东西流。凄

【注释】

① 皑和皎都是白。
② 两意就是二心，指情变。什么东西白如雪月呢？就是"君有两意"这件事。这件事已经明明白白，无可隐瞒了。
③ 决：别也。既有两意，干脆就分手罢。今天是最后聚会，明早沟边送行。
④ 斗：盛酒之器。
⑤ 躞蹀：行貌。御沟是流经御苑，或环绕宫墙的水。属于皇帝的事物大都称御，这两句是说，明旦分手之后我将要独行在御沟边上，沟水东流不返，正如人的生活，过去的不再来了。东西是偏义复词，偏用东字的意义。

凄复凄凄，嫁娶不须啼⑥，愿得一心人，白头不相离。竹竿何袅袅⑦，鱼尾何簁簁⑧。男儿重意气⑨，何用钱刀为⑩。

【注释】

⑥ 嫁娶：也是用偏义。"嫁娶不须啼"是说人家嫁女常啼哭，其实嫁女是不必啼哭的，只要嫁得一心人到老不分开，别像我这样，就是幸福了。"一心"和"两意"相对。

⑦ 竹竿：指钓竿。袅袅：动摇貌。

⑧ 簁簁：犹"漉漉"，形容鱼尾像濡湿的羽毛。在中国歌谣里钓鱼常常是男女求偶的象征隐语。

⑨ 意气：指感情。

⑩ 钱刀：战国时燕国和齐国所铸的铜币形如马刀，称为刀币。这句将"何为"两个字拆开来用。末尾是说男子轻离别，无非为了钱刀，其实爱情更重要啊。

白头吟 晋乐所奏

【题解】

　　本篇增改本辞的地方，似只为便于歌唱，并未顾到文义。有人以为末尾是乐工对主人的祝语，祝主人吃得饱饱的然后游于川上。也可备一说。

　　皑如山上雪，皎若云间月。闻君有两意，故来相决绝。一解。平生共城中，何尝斗酒会？今日斗酒会，明旦沟水头，蹀躞一作蹀跙御沟上，沟水东西流。二解。郭东亦有樵，郭西亦有樵，两樵相推与①，无亲为谁骄？三解。凄凄重凄凄，娶嫁亦不啼，愿得一心人，白头不相离。四解。竹竿何袅袅，鱼尾何离簁②。男儿欲相知，何用钱刀为？䶂一作䶂如马噉箕③，川上高士嬉。今日相对乐，延年万岁期。五解。

【注释】

① 推与："推"当作"雅"，形近致误。雅与即"邪许"，劳力者此呼彼和，借以省力，简单的只是"杭唷，杭唷"的声音，复杂的成为歌曲，都叫邪许。
② 离簁，或作"离缅""襹襹"，羽毛初生貌。
③ 䶂，应从《宋书·乐志》作"䶂"。䶂，音力，嚼燥物声。

梁甫吟

【题解】

　　梁甫是山名，在泰山下。古代迷信泰山梁甫是人死后魂魄所归处。古曲《泰山梁甫吟》分为《泰山吟》和《梁甫吟》二曲，都是葬歌，和《薤露》《蒿里》同类。这篇是齐地土风，或题诸葛亮作，是误会。

　　步出齐城门，遥望荡阴一作追望阴阳里^①。里中有三坟，累

【注释】

① 荡阴里：一名"阴阳里"，在齐城（临淄）东南。有三壮士冢。

累正相似②。问是谁家墓。田疆古冶氏③，力能排南山④，文
一作又能绝地纪⑤。一朝被谗言，二桃杀三士。谁能为此谋？
国相一作相国齐晏子⑥。

【注释】

② 累累就是"垒垒"，丘陵起伏之貌。

③ 田疆古冶氏：田开疆、古冶子和公孙接是齐景公所养的三个壮士，因为他们得罪
相国晏婴，晏婴劝景公除去三人，并替景公想出一个险毒办法。就是送给三壮士
两只桃子，叫他们各自估量自己的功劳，功大的可以吃桃。首先，公孙接自报了
打虎功，拿过一只桃。其次田开疆自报了杀敌功，又拿过一只桃。这时古冶子站
起来道："当年跟咱们主上过黄河，有大鼋鱼衔去拉车的马。俺在水里潜行十来
里，捉住了鼋鱼，把它宰了。左手拿马尾，右手提鼋头，从水里跳了出来。岸上
的人都说是河神出现。这样的功劳，该够资格吃桃吧？两位把桃子还出来罢！"
说着拔出剑来。公孙接、田开疆都满脸羞惭，还过桃子，说："咱们本领不如人家，
还抢着吃东西，好不丢人，不如拿出勇士派头来，自杀了罢！"他们说罢都自己
割下脑袋。古冶子一看，后悔道："俺羞死了两个伙伴，独个儿活着，还成什么勇
士？"也自刎了。这就是"二桃杀三士"的故事，出在《晏子春秋·谏下》篇。

④ 排南山：南山指齐国的牛山。排是推倒。

⑤ 文能绝地纪："文"似当从《艺文类聚》(《西溪丛语》引)作"又"。三士以勇力
出名，无所谓文。这两句诗，似本《庄子·说剑》篇"此剑上决浮云，下绝地纪"。《庄
子》两句都说剑，这里两句都说勇。地纪就是地基。

⑥ 相国：晏子所居官名。

怨歌行

这是咏扇的诗，实际是以扇喻人。扇有"动摇微风发"的用处，因而有"出入君怀袖"的恩宠，但是一过了时就"弃捐箧笥中"了。旧时代有些女子，处在被玩弄的地位，命运决定于一人一时的好恶，团扇的托喻对于她们实在是很亲切的。这诗梁陈以来的选本都题作班婕妤诗，疑问很多。也有作颜延年诗的，更不可信。李善《文选》注引《歌录》云："怨歌行，古辞。"本编据《歌录》归入无名氏作品中。逯钦立《汉诗别录》断为魏代高等伶人所作，可备一说。

新裂齐纨素①，鲜一作皎洁如霜雪，裁为合欢扇②，团团一作圆似明月。出入君怀袖，动摇微风发。常恐秋节至，凉飚夺炎热③，弃捐箧笥中④，恩情中道绝。

【注释】

① 裂：从机上扯下来，杜甫诗"裂下鸣机色相射"的"裂"和这里的"裂"相同。纨：素之更轻细的。以齐国所产的为最好。素：生绢也。
② 合欢扇：合欢是一种图案花纹，汉人诗里还有"合欢被""合欢襦"等辞，都是上面有合欢纹的。
③ 飚：急风。炎：热气。
④ 箧笥：盛衣物的箱子。

满歌行 本辞

【题解】

　　这诗似表现东汉末年士大夫阶层逃避乱世的思想。先说时世倾危和自己的忧惧，次说躬耕生活可羡慕，再次说自己的顾虑，最后归结于安贫乐道和安神养性。

　　为乐未几时，遭时崄巇①，逢此百离②。伶丁荼毒③，愁苦难为④。遥望极辰⑤，天晓月移。忧来填心，谁当我知！戚戚多思虑⑥，耿耿殊不宁⑦。祸福无形。唯念古人，逊位躬耕⑧，遂我所愿，以自宁⑨。自鄙栖栖⑩，守此末荣⑪。莫秋烈风⑫，昔蹈

【注释】

① 崄巇：山险也。道路艰难，人心叵测，时世倾危，都可用崄巇形容。
② 离：同"罹"，忧也。
③ 伶丁，或作"零丁""伶仃"，独也。荼毒：苦痛也。
④ 愁苦难为：治病叫作为，愁苦是难治的病，后人诗词里也常用"疗愁""攻愁""医愁"等字眼。
⑤ 极辰就是极星，即北辰星。
⑥ 戚戚：忧惧。
⑦ 耿耿：心不安。
⑧ 唯念古人，逊位躬耕：指传说中的许由、善卷一类隐逸之士，不肯从政而愿意过农夫的生活。
⑨ 以自宁："以"字下似当从晋乐所奏辞补一个"兹"字。诗意说躬耕是自己的愿望，如能达到，就可以平息心上的不安了。
⑩ 栖栖：匆匆忙忙不安居之貌。孔子周游求仕，人家说他"栖栖皇皇"，抱道家思想的人便反对这种态度。本诗作者既羡慕逊位躬耕，自然以自己的栖栖为可鄙了。
⑪ 末荣：指爵禄。
⑫ "莫"就是"暮"字，"暮秋烈风"比喻时世更艰危。

沧海^⑬，心不能安。揽衣瞻夜^⑭，北斗阑干。星汉照我^⑮，去自无他^⑯，奉事二亲，劳心可言^⑰。穷达天为，智者不愁，多为少忧^⑱。安贫乐道，师彼庄周^⑲。遗名者贵，子遐同游^⑳。往者二贤，名垂千秋。饮酒歌舞，乐复何须^㉑？照视日月，日月驰驱。辖轲^㉒人间，何有何无^㉓？贪财惜费，此一何愚！凿石见火^㉔，居代几时^㉕？为当欢乐，心得所喜^㉖。安神养性，得保遐期^㉗。

【注释】

⑬ 昔蹈沧海：沧是苍色，沧海如作为专名，就是指渤海。蹈海也是指隐居。这里说想蹈海隐居，而心不能安，因为二亲尚在。"昔"字恐是误字。

⑭ 瞻夜：犹视夜，就是瞻望星斗来测时间。

⑮ 星汉：即银河。

⑯ 去自无他：去指归隐。

⑰ 劳心可言："可"即"何"字。古书里常有"何"写作"可"的例。"何言"就是"何待言"。这以上三句是说抛弃官禄去过隐居生活，除父母的奉养问题，没有其他顾虑。

⑱ 多为少忧："为"似当读作"为己""为人"的"为"，这是说在富贵的时候总觉得贫贱生活一天也过不了，但如果是一个智者，明白穷达之理，自然能够安贫了。

⑲ 庄周：战国时代思想家，宋国人。

⑳ 子遐：未详。或是指乐瑕公。乐瑕公见《史记·乐毅传赞》，是传老子之道的人。

㉑ 须：待也。

㉒ 辖轲：车行不利也，人事不顺遂也叫辖轲。

㉓ "何有何无"是说有无不足计较。

㉔ 凿石见火：比喻时光短促。石头上敲出火星，一迸就灭了。

㉕ 居代就是居世。

㉖ 心得所喜："喜"读为"嬉"。

㉗ 遐期：高龄也，寿百年曰期。

满歌行 晋乐所奏

为乐未几时，遭世崄巇，逢此百罹。零丁荼毒，愁懑难支^①。遥望辰极，天晓月移。忧来填心，谁当我知！一解。戚戚多思虑，耿耿不宁。祸福无形。唯念古人，逊位躬耕。遂我所愿，以兹自宁。自鄙山栖^②，守此一荣。二解。暮秋烈风起，西蹈沧海^③，心不能安。揽衣起瞻夜，北斗阑干。星汉照我去，去自无他^④，奉事二亲，劳心可言。三解。穷达天所为，智者不愁，多为少忧。安贫乐正道，师彼庄周。遗名者贵，子熙同戏^⑤。往者二贤，名垂千秋。四解。饮酒歌舞，不乐何须？善哉！照观日月，日月驰驱。辖轲世间，何有何无？贪财惜费，此何一—作—何愚！命如凿石见火，居世竟能几时？但当欢乐自娱，尽心极所嬉怡。安善养君德性，百年保此期颐^⑥。"饮酒"下为趋。

（以上汉相和歌古辞）

【注释】

① 懑：烦闷也。篇题"满歌"亦当读为"懑歌"。
② 自鄙山栖：山栖就是隐居，正是作者所慕的，不该说自鄙，应从本辞作"栖栖"。阮籍诗"栖栖非我偶，徨徨非我伦"就是"自鄙栖栖"的注脚。
③ 西蹈沧海："西"字似误。疑此"西"字和本辞"昔蹈沧海"的"昔"字都是"思"字之误。
④ 星汉照我去，去自无他：上"去"字误衍，本辞作"星汉照我"，"我"与"他"叶韵。
⑤ 子熙：未详，或许就是惠施。有人猜测子熙就是惠施的字，因为"施熙"是古代的成语，两字都有喜悦义，训诂可通。也可能指关尹喜，"喜""熙"音义也相近。同戏："戏"恐是"戏"或"游"之误。
⑥ 期颐：百年之寿。

蛱蝶行

【题解】

　　这诗写蝴蝶被燕子捉去喂小燕，从蝶的眼里看燕的行动，用蝶的口吻来叙述它。非常生动别致。民间文艺的题材和表现手法，常常出于文人的意料之外，这不过是一个例罢了。

　　蛱蝶〔之〕遨游东园①，奈何卒逢三月养子燕②，接我首蓿间③。持〔之〕我入紫深宫中④，行缠〔之〕傅欂栌间⑤。雀

【注释】
① 蛱就是"蝶"。
② 卒：读为"猝"。养子燕：正在哺雏的燕儿。
③ 首蓿：豆科植物，俗称金花菜。
④ 持我入紫深宫中：紫宫是帝王的居处，这句应该作"持我深入紫宫中"。但也许不是误倒而是当时有那样的文法，《安世房中歌》有"乘玄四龙"一句，不作"乘四玄龙"，和这里正相类。
⑤ 缠傅：缠是围绕，傅是迫近或附着。欂栌：或单称栌，又名枅，又叫斗拱，是柱上斗形的方木，上承屋梁。

来燕^⑥。燕子见衔哺来，摇头鼓翼何轩〔奴〕轩^⑦。

　　本篇三个"之"字，无关文义，似乎都是表声的字。"铙歌"和"舞曲"里声辞杂写的例子最多，有些重出次数较多，而且往往无关文义的字，可以断为表声的字，"之"字是其中之一。本篇除"之"字外，最后一句的"奴"字也可能是声。这诗是汉乐府里句读难定的篇什之一，但如将这几个表声字剔出，就明白多了。

【注释】

⑥ 雀来燕：未详。或以"雀来燕燕"为一句。

⑦ 轩轩：高举貌，又是舞貌。雏燕见老燕衔着蝴蝶来喂，都昂头耸身，又鼓动翅儿，像在舞。

伤歌行

【题解】

　　这是写忧人不寐，似女子诗。《文选》《乐府诗集》《古乐府》都以这首诗为古辞，惟《玉台新咏》作魏明帝诗。

　　昭昭素明月一作月明①，辉光烛我床②。忧人不能寐，耿耿夜何长③！微风吹闺闼④，罗帷自飘扬。揽衣曳长带，屣履下高堂⑤。东西安所之⑥？徘徊以彷徨。春鸟翻一作向南飞，翩翩独翱翔，悲声命俦匹⑦，哀鸣伤我肠。感物怀所思，泣涕忽沾裳。伫立吐高吟⑧，舒愤诉穹苍一无此二句⑨。

【注释】

① 昭昭：明也。

② 烛：照也。

③ 耿耿：见前《满歌行》。

④ 闺闼：指内室。

⑤ 屣履：穿鞋而不拔上鞋跟。又作"蹝履"或"躧履"。现代语就是靸鞋。

⑥ 之：往也。

⑦ 命俦匹：呼唤伴侣。

⑧ 伫立：久立。

⑨ 穹苍：指天。天形穹隆，天色青苍。

悲
歌

　　悲歌可以当泣 ^①，远望可以当归。思念故乡，郁郁累累 ^②。
欲归家无人，欲渡河无船。心思不能言，肠中车轮转 ^③。

枯鱼过河泣

【题解】

　　这诗以鱼拟人，似是遭遇祸患者警告伙伴的诗。枯鱼作书，的确是奇想，汉乐府里所有寓言体的歌辞无不表现极活泼的想象力。

　　枯鱼过河泣①，何时悔复及②！作书与鲂鱮③，相教慎出入。

【注释】

① 枯鱼：犹干鱼。
② 何时悔复及：言追悔不及。
③ 鲂鱮：鱼名，就是鳊和鲢。

咄唶歌

【题解】

这诗感叹的是世情的冷热。咄唶，叹声。

　　枣下何攒攒^①！荣华各有时。枣欲初赤时，人从四边来。枣适今日赐^②，谁当仰视之^③！

【注释】

① 攒攒：聚貌。一作"篡篡"。
② 适：犹"若"也，假设之辞。赐：尽也。
③ 当：犹"尚"也，如今语之"还"。

驱车上东门行

【题解】

　　这篇反映乱世都市市民的颓废思想，从汉末到魏晋，这种意境在诗歌里是最普遍的。这篇是《古诗十九首》之一，《乐府诗集》列入"杂曲歌辞"。所谓"古诗"可能都是乐府歌辞。

　　驱车上东门①，遥望郭北墓②，白杨何萧萧，松柏夹广路。下有陈死人③，杳杳即长暮④，潜寐黄泉下⑤，千载永不寤⑥。浩浩阴阳移⑦，年命如朝露。人生忽如寄⑧，寿无金石固。万岁更相送⑨，圣贤莫能度⑩。服食求神仙⑪，多为药所误。不如饮美酒，被服纨与素。

【注释】

① 上东门：洛阳东面最近北的城门。
② 郭北墓：指洛阳城北的北邙山，许多王侯卿相的坟在那里。
③ 陈死人：久死的人。
④ 杳杳：昏暗幽静也。即：就也。"即长暮"等于说"就奄昏"（见前《雁门太守行》）。
⑤ 潜：深藏也。
⑥ 寤：醒觉也。
⑦ 阴阳移：指四时变化，春夏为阳，秋冬为阴。
⑧ "忽如寄"是说人活在世上，时间极短，好像只是暂时寄居。忽，急遽貌。
⑨ "万岁更相送"是说若干千万年以来，若干千万年以后，一代送一代，更递相送，永无了时。
⑩ 度：越过也。
⑪ 服食，是吃丹方，古代有些人相信有一种药可以使人长生。秦始皇、汉武帝时代的"不死药"都是自然的植物或矿物，东汉就有了合炼而成的丹药。

冉冉孤生竹

【题解】

　　这诗也是《古诗十九首》之一，写新婚后久别之怨。《乐府诗集》收入"杂曲歌辞"。

　　冉冉孤生竹①，结根泰山阿②。与君为新婚，菟丝附女萝③。菟丝生有时，夫妇会有宜④，千里远结婚，悠悠隔山陂⑤。思君令人老，轩车来何迟⑥！伤彼蕙兰花⑦，含英扬光辉，过时而不采，将随秋草萎。君亮执高节⑧，贱妾亦何为？

【注释】

① 冉冉：柔弱下垂貌。

② 泰山阿：阿是曲处。泰山，一作"太山"，有人说该作"大山"。开头两句女子以孤生竹自比，"孤生"是说没有兄弟姊妹。"结根泰山"是说未嫁时在家依父母，像山一样可以稳稳倚靠。(魏明帝《种瓜篇》："愿托不肖躯，有如倚高大山。"本此。)

③ 菟丝附女萝：菟丝是柔弱的蔓生植物，女萝古人或以为就是菟丝，或说是松萝，松萝也是柔弱植物。这句是说嫁后丈夫不能依靠。女萝比丈夫，菟丝自比。

④ 宜：指适当的时间。

⑤ 千里远结婚，悠悠隔山陂：悠悠，远也。陂，坂也。上句说离家远嫁，结婚不容易，下句说婚后又远别，久别。

⑥ 轩车来何迟：轩车是有屏蔽的车。古大夫以上乘轩车。这女子的夫婿想是远宦不归，使她久盼。

⑦ 伤彼蕙兰花：蕙兰是芳香的花，女子自比。伤彼也就是自伤。

⑧ 君亮执高节：亮，信也。这是说你一定是"守节情不移"，不至于变心负约的。既如此，我又何必自伤呢？"执高节"是唯恐其不如此，也只得相信他如此。

青青陵上柏

【题解】

　　东汉末叶是贵戚宦官倾轧最剧烈的时期，也是农民起义的暴风雨起来的时候，本诗所谓"冠带"无非指这班贵戚宦官及其党羽（长衢第宅是贵人的住所，两宫双阙是宦官的聚处）。这些人在平时自然可以极宴娱心，但是在阶级斗争那样尖锐，统治阶层行将没落的时候一定免不了戚戚。《北堂书钞》引本篇作"古乐府"，《乐府诗集》未收。

　　青青陵上柏，磊磊涧中石。人生天地间，忽如远行客①。斗酒相娱乐，聊厚不为薄②。驱车策驽马，游戏宛与洛③。洛

【注释】

① 忽如远行客：言人在世上，为时短暂，犹如从远道来作客，不久就得回去，不能像"陵上柏"常"青青"，"涧中石"常"磊磊"。
② 聊厚不为薄：这句是说斗酒虽少，聊以为厚，不以为薄。这样，虽斗酒之微也就可以相娱乐了。同样的看法也用之于驽马，驽马虽劣，不以为劣，用它驾起车来，居然也载我去游宛洛了。
③ 宛与洛：指宛县和洛阳。宛县是南阳郡治所在，在东汉称为南都。洛阳为东都。"宛与洛"代表当时最繁华的都市。

中何郁郁^④，冠带自相索^⑤。长衢罗夹巷^⑥，王侯多第宅。两宫遥相望^⑦，双阙百余尺^⑧。极宴娱心意^⑨，戚戚一作慼慼何所迫^⑩？

【注释】

④ 郁郁：指繁盛热闹的气象。

⑤ 冠带自相索：冠带指富贵的人。索，求也。这句是说富贵的人们自相往来访问。从"自"字可以意味到那些冠带人物自成集团，高高在上。

⑥ 长衢罗夹巷：罗就是列，大街上罗列小巷。

⑦ 两宫：洛阳有南北两宫，相距七里。

⑧ 双阙：阙是宫门前的望楼，又叫作观。《古今注》说："古每门树两观于其前，所以标表宫门也。"

⑨ "极宴娱心意"是说尽情宴会娱乐。诗人设想那些豪贵人物住在这样繁华的地方，自然该穷极欢乐了。

⑩ 戚戚何所迫：诗人以为那些第宅宫阙中间的人本该是个个"极宴娱心意"的，不料他们反倒戚戚忧惧，有什么迫不得已呢？答案却留给读者去想。

迢迢牵牛星

【题解】

　　这诗是从牛郎织女的故事生出来的，牵牛娶织女的故事，大约完成在西汉时。本篇设想织女望牵牛，写得缠绵有情。《玉烛宝典》引本篇作"古乐府"，《乐府诗集》未收。

　　迢迢牵牛星①，皎皎河汉女②。纤纤擢素手③，札札弄机杼④。终日不成章⑤，泣涕零如雨⑥。河汉清且浅，相去复几许！盈盈一水间，脉脉一作眽眽，一作默默不得语⑦。

【注释】

① 迢迢：远也。牵牛星：是河鼓三星之一，在银河南，民间通常称为扁担星。
② 河汉女：河汉就是银河，河汉女指织女，即织女三星之一，在银河北，和牵牛相对。织女星是天琴座主星，牵牛星是天鹰座主星。
③ 纤纤：细也，形容手指。擢：举也。
④ 札札：织机的响声。
⑤ 不成章：章指经纬的文理。《诗经·大东》篇说织女"不成报章"，据郑玄解释，那是说织女空有"织"之名，她走起来一直向西去，不能像人用梭，一去一来，一反一复，既然不能反复，自然织不成章了。这里"终日不成章"一句不一定从《诗经》来，但其所以有"不成章"的想象，可以用郑玄的解释。
⑥ 零：落也。"泣涕如雨"和"织不成章"都是因为有所思、有所怨。
⑦ 脉脉，当作"眽眽"，相视貌。

上山采蘼芜

这篇《乐府诗集》未收,《太平御览》引作"古乐府",和《陌上桑》同一类型。开头三句第三者叙述口气,第四句弃妇发问。下四句夫答。问题是意料中的问题,答语却出乎读者预料,因为这女子既然被弃,她的丈夫当然是喜新厌故的。"新人从门入"两句必须作为弃妇的话才有味,因为故夫说新不如故,是含有念旧的感情的,使她听了立刻觉得要诉诉当初的委屈,同时她不能即刻相信故夫的话是真话,她还要试探试探。这两句话等于说:既然故人比新人好,你还记得当初怎样对待故人吗?也等于说:你说新人不如故人,我还不信呢,要真是这样,你就不会那样对待我了。这么一来就逼出男人说出一番具体比较。那比较的标准就是生产技术的高下。

上山采蘼芜①,下山逢故夫。长跪问故夫②:"新人复何如?""新人虽言好,未若故人姝③。颜色类相似,手爪不相

【注释】

① 蘼芜:香草之一种,叶风干可以做香料。古人相信蘼芜可使妇人多子。
② 长跪:见前《饮马长城窟行》,《太平御览》引此句作"回首问故夫",似误。
③ 姝:好也,不单指容貌。

如^④。""新人从门入，故人从阁去^⑤。""新人工织缣^⑥，故人工织素。织缣日一匹^⑦，织素五丈余，将缣来比素，新人不如故。"

【注释】

④ 手爪：指纺织裁剪等技巧。

⑤ 阁：旁门，小门。新妇从正面大门被迎进来，故妻从旁面小门被送出去，一荣一辱，一喜一悲，尖锐对照。这是弃妇重提旧事。

⑥ 缣：缣、素都是绢，素是洁白的，缣是带黄色的，价比素贱。

⑦ 一匹：长四丈（广二尺二寸）。

古艳歌

【题解】

　　乐府里的游仙诗颇不少，大约用于宴会场合，借以娱宾祝寿。这一篇是铺陈得最淋漓尽致的。

　　今日乐相乐①，相从步云衢②。天公出美酒，河伯出鲤鱼③，青龙前铺席④，白虎持榼壶⑤。南斗工鼓瑟⑥，北斗吹笙竽。姮娥垂明珰⑦，织女奉瑛琚⑧。苍霞扬东讴，清风流西歈⑨。垂露成帷幄，奔星扶轮舆⑩。

【注释】

① 今日乐相乐：乐府诗里的套语，或作"乐上乐"，言欢乐无极。
② 云衢：犹言天衢，指天空。
③ 河伯：水神，名冯夷。
④ 青龙：星名，见《陇西行》注。
⑤ 白虎：星名，西方七宿的总称。榼：酒器。
⑥ 南斗：星名，即斗宿。
⑦ 姮娥：又称嫦娥，神话里的人物，相传是后羿的妻，偷吃了后羿从西王母讨来的不死药，飞入月宫。珰：饰物名，用在耳部就叫耳珰。这里似指耳珰。
⑧ 奉：进献。瑛：美玉。琚：佩玉名。
⑨ 讴、歈：齐歌叫作讴，吴歌叫作歈。
⑩ 奔星：流星。

古歌

【题解】

这是在"胡"地作客者思念故乡的诗，汉乐府诗里像这样苍苍莽莽，疾风骤雨似的调子为数不多。

秋风萧萧愁杀人①，出亦愁，入亦愁，座中何人，谁不怀忧？令我白头。胡地多飚风，树木何修修②。离家日趋远，衣带日趋缓③。心思不能言，肠中车轮转。

【注释】
① 萧萧：风声。
② 修修：通"翛翛"，见《塘上行》。
③ 缓：宽也。衣带一天天宽缓，就是腰一天天瘦了。

高田种小麦

【题解】

　　这也是旅客怀乡的诗，用小麦不宜种在高田比人不宜住在他乡。

　　高田种小麦，终久不成穗。男儿在他乡，焉得不憔悴。

古八变歌

　　这篇所写的是悲秋和怀乡，用语和情调都像是文人作品。

　　北风初秋至，吹我章华台①。浮云多暮色，似从崦嵫来②。枯桑鸣中林，络纬响空阶③。翩翩飞蓬征，怆怆游子怀。故乡不可见，长望始此回④。

　　　　　　　　　　　（以上四篇《乐府诗集》未收）

【注释】

① 章华台：春秋时代楚国所筑的台。在今湖北监利西北。
② 崦嵫：山名，在甘肃天水西南。古代传说认为日入之处。
③ 络纬：昆虫名，即络纱娘。
④ 此回：犹此番。

焦仲卿妻

序曰：汉末建安中^①，庐江府小吏焦仲卿妻刘氏^②，为仲卿母所遣，自誓不嫁。其家逼之，乃投水而死。仲卿闻之，亦自缢于庭树。时人伤之，为诗云尔。

孔雀东南飞^③，五里一徘徊。"十三能织素，十四学裁衣，十五弹箜篌^④，十六诵诗书。十七为君妇，心中常苦悲。君既为府吏，守节情不移此句下一有贱妾留空房，相见常日稀二句。鸡鸣入机织，夜夜不得息。三日断五匹，大一作丈人故嫌迟^⑤。非为织作迟，君家妇难为。妾不堪驱使，徒留无所施^⑥。便可白公姥^⑦，及时相遣归。"

以上二十句，头两句是"起兴"，其下十八句是刘氏对仲卿诉说痛苦，自请回家。

【注释】

① 建安：汉献帝年号，公元196至219年。
② 庐江：汉郡名，初治在今安徽庐江西。汉末徙治今安徽潜山。
③ 孔雀：鸟名，鹑鸡类，原产印度。古乐府言夫妇离别者，往往以双鸟起兴，《艳歌何尝行》"飞来双白鹄，乃从西北来……五里一返顾，六里一徘徊"，是本篇起头两句的来源。
④ 箜篌：从西方传来的乐器，体曲而长，二十三弦。奏弹的时候，抱在怀中，两手拨弦。箜篌，亦作"空侯"，又叫作坎篌。
⑤ 大人：刘氏称仲卿的母亲。
⑥ 施：用也。
⑦ 白：告语。公姥：刘氏称仲卿的父母，现代说法就是公公婆婆。细看全诗，仲卿实在没有父亲，这里因姥而连言公。公姥是偏义复词。（下同）

府吏得闻之⑧，堂上启阿母⑨："儿已薄禄相⑩，幸复得此妇。结发同枕席⑪，黄泉共为友。共事二三年，始尔未为久。女行无偏斜，何意致不厚⑫？"阿母谓府吏："何乃太区区⑬！此妇无礼节，举动自专由。吾意久怀忿，汝岂得自由！东家有贤女，自名秦罗敷。可怜体无比，阿母为汝求。便可速遣之，遣去一作之慎莫留！"府吏长跪告，伏惟启阿母："今若遣此妇，终老不复取！"阿母得闻之，槌床便大怒⑭："小子无所畏，何敢助妇语！吾已失恩义⑮，会不相从许！"

以上三十二句是府吏母子的问答，府吏要求阿母不要驱逐媳妇，阿母坚决不许。

【注释】

⑧ 府吏：指仲卿，他是庐江府小吏。

⑨ 启：和"白"相同。

⑩ 薄禄相：古人迷信相术，从相术见出一个人的贫富贵贱叫作禄相，"禄相薄"就是说致富贵的可能性少。

⑪ 结发：指男女初成年时。

⑫ 何意致不厚：意，料也，厚，犹爱。这句是说谁想到使得母亲不喜欢。

⑬ 区区：犹"恋恋"，愚也。

⑭ 床：坐具，小的只容一人坐，比板凳稍宽。年老或尊贵者坐在床上，坐床是席地到用椅子的过渡。

⑮ 恩义就是情谊。

府吏默无声，再拜还入户。举言谓新妇⑯，哽咽不能语⑰："我自不驱卿，逼迫有阿母。卿但暂还家⑱，吾今且报府一作赴府⑲。不久当归还，还必相迎取⑳。以此下心意㉑，慎勿违吾语。"新妇谓府吏："勿复重纷纭㉒！往昔初阳岁㉓，谢家来贵门㉔。奉事循公姥㉕，进止敢自专？昼夜勤作息㉖，伶俜萦苦辛㉗。谓言无罪过，供养卒大恩㉘。仍更被驱遣，何言复来还？妾有绣腰襦㉙，葳蕤自生光一作金缕光㉚。红罗复斗

【注释】

⑯ 举言谓新妇：举言犹发言。新妇犹言媳妇，非专指新嫁娘。

⑰ 哽咽是悲极时气结不能发声。

⑱ 卿：称谓之词，君呼臣或地位平等的人互相称呼都可以用卿。

⑲ 报府：报读为"赴"，"赴府"是说往庐江太守署办公。

⑳ 取：同"娶"。

㉑ 下心意：犹今言低心下气。"以此下心意"就是说为了这个你就受些委屈算了。

㉒ "勿复重纷纭"等于说不必添麻烦罢！也就是说别再提迎娶罢！

㉓ 初阳：旧有冬至"阳气初动"之说，初阳指旧历十一月。

㉔ 谢：辞也。

㉕ 奉：行也。循：顺也。

㉖ 作息：作也。这也是偏义复词，"勤作息"是说勤于操作。

㉗ 伶俜：犹"联翩"，不绝也。

㉘ "供养卒大恩"是说奉事婆婆，始终受她的恩遇。

㉙ 腰襦：短袄的一种，下齐腰部。

㉚ 葳蕤：草名，根长多须，像缨索下垂，作为形容词就是"草木垂貌"或"羽貌"，这里形容绣腰襦上的金缕。《艺文类聚》引此句作"葳蕤金缕光"。

帐^㉛，四角垂香囊^㉜。箱帘六七十^㉝，绿碧青丝绳一作交文象牙簟^㉞，宛转素丝绳。一作交文象牙簟，宛转青丝绳。物物各自异，种种在其中。人贱物亦鄙，不足迎后人^㉟。留待作遣一作遗施^㊱，于今无会因。时时为安慰，久久莫相忘。"

以上三十八句叙府吏向刘氏传达母亲的意思。府吏表示过些时要再迎娶，刘氏认为不可能再回来。

鸡鸣外欲曙^㊲，新妇起严妆^㊳。着我绣袷裙^㊴，事事四五

【注释】

㉛ 复斗帐：斗帐是一种小帐，形如向下覆着的斗（斗的形状是方口方底，口大底小）。有人疑"复"字是"覆"字之误，但古人实有复帐。吴均诗云："初香薰复帐。"《清商曲辞·长乐佳》："红罗复斗帐，四角垂朱珰。"本篇此句"复"字不误。

㉜ 香囊：盛香料的袋子，古称帏。

㉝ 箱帘：帘读为"奁"，也就是"奁"，又写作"槛"，盛镜的匣子。

㉞ 青丝绳：大约箱奁上有套，口用丝绳结起。

㉟ 不足迎后人：后人指府吏将来再娶的新娘，这是说我的东西都不好，用来给未来的新娘用是不配的。

㊱ 留待作遗施：遗是赠送，施是施予，言这些东西给新娘用是不配，但可以送给别人。

㊲ 曙：天晓。

㊳ 严妆：整妆。

㊴ 袷：和"禅"相对，有里面两层的裙为袷裙。

通^⑩。足下蹑丝履，头上玳瑁光，腰若流纨素^④，耳着明月珰^④。指如削葱根^④，口如含朱丹^④。纤纤作细步，精妙世无双。上堂谢阿母，母听去不止—作阿母怒不止。"昔作女儿时，生小出野里，本自无教训，兼愧贵家子。受母钱帛多^④，不堪母驱使^④。今日还家去，念母劳家里。"却与小姑别^④，泪落连珠子。"新妇初来时此句下一本有小姑始扶床，今日被驱遣两句，小姑如我长^④。勤心养公姥，好自相扶将。初七及下九^④，嬉戏莫相忘。"出

【注释】

⑩ 通：犹"遍"。"着我绣袷裙，事事四五通"两句似当移在"耳着明月珰"句下。"事事"分明不只一事，指蹑履、戴簪、着衣、施珰、穿裙五件事而言。如论次序，下床先着鞋，然后梳头，换衣，戴耳珰，最后着裙，较为合理。每事四五遍，或是心烦意乱，一遍两遍不能妥帖，或言其极意装束，一遍两遍不能满意。

④ 腰若流纨素："若"字似误，或是"著（着）"字。"流"是说纨素的光像水流动。

④ 明月珰：珰是饰物名，这里是说用明月珠做耳珰。

④ 削葱根：削读为"掣"，纤细而尖的样子，葱根指葱白，言其白嫩。

④ 朱丹：一种红色的宝石。"口如含朱丹"是说嘴唇红得好看。

④ 钱帛：指聘礼。

④ 不堪：言不能胜任。

④ 却：退也。

④ 新妇初来时，小姑如我长：言二三年前小姑已将长成，现在更大了，可以代我侍奉公姥了（这两句语意稍嫌突兀，一本在两句之间又有"小姑始扶床，今日被驱遣"两句，文义较完足，但二三年间由扶床而长成，未免太快，于事理又不合。或本篇本无这四句，是后人所添。四句皆见于唐顾况《弃妇行》）。

④ 初七：指阴历七月七日，妇女在这天晚上供祭织女，乞巧。下九：古人以二十九日为上九，初九日为中九，十九日为下九。妇女在每月下九有俱乐会，叫作阳会。

门登车去，涕落百余行。

以上三十二句叙刘氏辞阿姥，别小姑，挥涕登车。

府吏马在前，新妇车在后，隐隐何甸甸⑩，俱会大道口。下马入车中，低头共耳语："誓不相隔卿，且暂还家去，吾今且赴府。不久当还归，誓天不相负。"新妇谓府吏："感君区区怀⑪。君既若见录⑫，不久望君来。君当作磐石⑬，妾当作蒲苇。蒲苇纫如丝⑭，磐石无转移。我有亲父兄⑮，性行暴如雷，恐不任我意，逆以煎我怀。"举手长劳劳⑯，二情同依依。

以上二十五句叙仲卿和刘氏在大道口分手，立誓不相负。

【注释】
⑩ 隐隐何甸甸：何是语助词，隐隐、甸甸都是车声。
⑪ 区区：犹"拳拳""款款"，忠爱也。
⑫ 录：收留。
⑬ 磐石：大石也。
⑭ 纫，似当作"韧"，韧，柔而固也。
⑮ 亲父兄：父兄是偏义复词，因兄而连带提到父，刘氏有兄无父。
⑯ 举手长劳劳：举手是告别的表示。劳，忧也，劳劳是惆怅不已。

入门上家堂，进退无颜仪。阿母大拊掌(57)：“不图子自归！十三教汝织，十四能裁衣，十五弹箜篌，十六知礼仪，十七遣汝嫁，谓言无誓违(58)。汝今无罪过(59)，不迎而自归？”“兰芝惭阿母(60)，儿实无罪过。”阿母大悲摧(61)。

以上十五句叙兰芝回家，初见阿母。

还家十余日，县令遣媒来。云有第三郎，窈窕世无双(62)，年始十八九，便言多令才(63)。阿母谓阿女：“汝可去应之。”阿女衔一作含泪答：“兰芝初还时，府吏见丁宁(64)，结誓不别离。

【注释】

(57) 拊掌：拍手也，通常是欢乐的表示，这里是表惊骇。《汉书·萧望之传》：“天子闻之，惊拊手曰……”也是以拊手表惊骇。

(58) 誓违：“誓”或疑是“諐”字之误，“諐”是古“愆”字，过失也。违也是过失。

(59) 今：若也。“汝今无罪过，不迎而自归”两句是说你若无过失，怎会被夫家逐出呢？有些本子将“无”改“何”，无根据。

(60) 兰芝：刘氏名。

(61) 摧：悲伤。

(62) 窈窕：美好。

(63) 便：辩也，就是有口才。令：美也。

(64) 丁宁：嘱咐。

今日违情义，恐此事非奇 ⑥。自可断来信 ⑥，徐徐更谓之 ⑥。”
阿母白媒人：“贫贱有此女，始适还家门 ⑥，不堪吏人妇，岂
合令郎君？幸可广问讯，不得便相许。”

　　以上二十三句写县令遣媒说婚，兰芝拒绝。

　　媒人去数日，寻遣丞请还 ⑥，说“有兰家女，承籍有宦
官”⑩。云“有第五郎，娇逸未有婚 ⑪，遣丞为媒人，主簿通语
言”。直说“太守家，有此令郎君，既欲结大义，故遣来贵门”。
阿母谢媒人：“女子先有誓，老姥岂敢言 ⑫？”阿兄得闻

【注释】
⑥　奇：犹“嘉”。非奇和后来的不妙意思差不多。
⑥　信：使者。断来信就是回绝来使，指媒人。
⑥　徐徐更谓之："之"指出嫁这件事，这句译成白话就是"慢慢再谈它"。
⑥　始适还家门：适，嫁也。言嫁去不久就被遣送回娘家了。或以始适为复词，即刚才的意思。
⑥　丞：指县丞。"媒人去数日"是回复县令后离去。"遣丞"是县令遣。"请"是因事请命于太守。"还"是丞还县。
⑩　承籍：承继先人的籍贯。这两句是县丞建议县令另向兰家求婚，说兰家是官宦人家，和刘氏不同。
⑪　娇逸：美也。"云"下四句是县丞告县令，已受太守委托为他的五少爷向刘家请婚。这委托是经府里的主簿传达的。再下四句便是到刘家说媒的话。
⑫　姥：老妇也。

之，怅然心中烦，举言谓阿妹："作计何不量^⑦！先嫁得府吏，后嫁得郎君，否泰如天地^⑦，足以荣汝身。不嫁义即一作郎体^⑦，其住一作往欲何云^⑦？"兰芝仰头答："理实如兄言。谢家事夫婿，中道还兄门，处分适兄意^⑦，那得自任专？虽与府吏要^⑦，渠会永无缘。登即相许和^⑦，便可作婚姻。"媒人下床去，诺诺复尔尔^⑧。还部白府君^⑧："下官奉使命，言谈大有缘。"府君得闻之，心中大欢喜。视历复开书^⑧，便利此月内，六合正相应^⑧。"良吉三十日，今已二十七，卿可去成婚。"交语

【注释】

⑦ "作计何不量"是说决定主意为何不先考虑。

⑦ 否、泰是《易经》里两个卦名，用来表示坏运和好运。这里否指先嫁，泰指后嫁、言先后比较，后比先好，相差如天地。

⑦ 义即："即"是误字，应从《玉台新咏》作"义郎"。阿兄力劝兰芝出嫁，故意给太守的儿子这种美称。

⑦ 其住：住，当作"往"，"其往欲何云"是说过此以往打算怎么样呢？

⑦ 适：顺从。

⑦ 要：约也。

⑦ 登即：犹"当即"。和：应也。

⑧ 诺诺、尔尔：应声也。

⑧ 府君：即太守。

⑧ "视历复开书"是说翻查历书。

⑧ 六合：月建和日辰相合，即子与丑合，寅与亥合，卯与戌合，辰与酉合，巳与申合，午与未合。《隋书·经籍志》有《六合婚嫁历》，大约古时以此为合婚之用。

速装束^{⑧⁴}，络绎如浮云。青雀白鹄舫^{⑧⁵}，四角龙子幡^{⑧⁶}，婀娜随风转^{⑧⁷}。金车玉作轮，踯躅青骢马^{⑧⁸}，流苏金镂鞍^{⑧⁹}。赍钱三百万^{⑨⁰}，皆用青丝穿。杂彩三百匹，交广一作用市鲑珍^{⑨¹}。从人四五百，郁郁登郡门^{⑨²}。

　　以上六十二句叙太守遣媒说婚，刘家允婚。

　　阿母谓阿女："适得府君书，明日来迎汝。何不作衣裳？莫令事不举^{⑨³}！"阿女默无声，手巾掩口啼，泪落便如泻。移

【注释】

⑧④ 交语：交相传语也。

⑧⑤ 青雀白鹄舫：舫，船也。船前画青雀叫青雀舫，白鹄舫大约也是因船头画白鹄而得名。

⑧⑥ 四角龙子幡：龙子幡，旗帜名，挂在船舱四角。

⑧⑦ 婀娜：柔弱轻飘的样子。

⑧⑧ 骢：青白杂毛的马。

⑧⑨ 流苏：饰物，彩丝或羽毛做成，状下垂。

⑨⓪ 赍：犹"付"也。

⑨① 交广市鲑珍：旧说"交广"指交州和广州，庐江去交广重洋万里，未免夸张太过。而且据《吴志》，黄武五年(226)才分交州置广州。这时民间还不会将交、广并称。这句诗似可读成上一下四句，"交"同"教"，"广市鲑珍"就是广泛购买鲑珍。鲑是鱼菜总称，珍，美味也。

⑨② 郁郁登郡门：郁郁，盛也，登，似当作"发"。

⑨③ 不举：犹"不办"。

我琉璃榻⁹⁴，出置前窗下。左手持刀尺，右手执绫罗。朝成绣袷裙，晚成单罗衫。晻晻日欲暝⁹⁵，愁思出门啼。府吏闻此变，因求假暂归。未至二三里，摧藏马悲哀⁹⁶。新妇识马声，蹑履相逢迎⁹⁷，怅然遥相望，知是故人来。举手拍马鞍，嗟叹使心伤。"自君别我后，人事不可量⁹⁸，果不如先愿，又非君所详。我有亲父母⁹⁹，逼迫兼弟兄，以我应他人，君还何所望！"府吏谓新妇："贺卿得高迁！磐石方且厚，可以卒千年，蒲苇一时纫，便作旦夕间。卿当日胜贵，吾独向黄泉。"新妇谓府吏："何意出此言！同是被逼迫，君尔妾亦然¹⁰⁰。黄泉下相见，勿违今日言！"执手分道去，各各还家门。生人作死别，恨恨那可论！念与世间辞，千万不复全¹⁰¹。

【注释】

⑨⁴ 琉璃榻：榻是坐具，上嵌琉璃。琉璃有自然的和人工的两种，自然的今名青金石，人为的即指珐琅与玻璃。

⑨⁵ 晻晻：日无光也。暝：暮也。

⑨⁶ "摧藏"或是"凄怆"之转。一说"藏"同"脏"，犹言摧挫肝肠。

⑨⁷ 蹑：蹈也。

⑨⁸ 量：料也。

⑨⁹ 亲父母就是生父生母。这里父母是复词用偏义，兰芝婚姻由兄做主，似无父。下句弟兄也是偏义复词，因兄而连言弟。

¹⁰⁰ 尔：如是也。

¹⁰¹ 千万不复全：千万表示坚决，言无论如何不再想保全了。

以上五十四句叙兰芝含悲做嫁妆，仲卿闻变，私会兰芝，两人约定同死。

　　府吏还家去，上堂拜阿母："今日大风寒，寒风摧树木，严霜结庭兰。儿今日冥冥⑩，令母在后单。故作不良计，勿复怨鬼神⑩！命如南山石，四体康且直⑩。"阿母得闻之，零泪应声落。"汝是大家子，仕宦于台阁⑯。慎勿为妇死，贵贱情何薄⑯？东家有贤女，窈窕艳城郭⑰。阿母为汝求，便复在旦夕。"府吏再拜还，长叹空房中，作计乃尔立⑱。转头向户里，渐见愁煎迫。

　　以上二十六句叙府吏回家，向阿母告别，准备自杀。

【注释】

⑩　日冥冥：日暮也。府吏说自己现在要像日之冥冥，就是说要了结生命了。
⑩　"故作"二句：这两句是说我自己故意寻此短见，不关鬼神的事。故，故意也。
⑩　"命如"二句是说将使自己的四体安泰而僵直，如南山之石。命，令也。
⑯　仕宦于台阁：这句是预拟之辞，言你本是大家子弟，有所凭借，将来还要进尚书台做官呢，可别为女人轻生。
⑯　贵贱情何薄：贵指仲卿，言其本是"大家子"，又将"仕宦于台阁"。贱指刘兰芝，言其"生小出野里"。既然贵贱相想，将她驱遣，还不应该么，这哪算薄情呢？
⑰　"艳城郭"是说全城全郭数她最艳。
⑱　作计乃尔立：这句是说就这样立定了主意——决定自杀的方法，下文转头向户里，是顾念阿母。乃尔，如此也。

其日牛马嘶,新妇入青庐^⑩。奄奄黄昏后^⑩,寂寂人定初^⑪。"我命绝今日,魂去尸长留。"揽裙脱丝履,举身赴清池。府吏闻此事,心知长别离。徘徊庭树下,自挂东南枝。

以上十二句叙刘兰芝、焦仲卿的死。

两家求合葬,合葬华山傍^⑫。东西植松柏,左右种梧桐。枝枝相覆盖,叶叶相交通。中有双飞鸟,自名为鸳鸯,仰头相向鸣,夜夜达五更。行人驻足听,寡妇起彷徨。多谢后世人^⑬,戒之慎勿忘!

以上十四句,前十二句写仲卿夫妇死后情况,末二句是歌者之辞。这诗最初见于《玉台新咏》,由口传到写定,中间难免经文人修饰,但保存着的民歌特色还是很多,语言也还是通俗的。从诗前小序

【注释】

⑩ 青庐:以青布幔为屋,行婚礼用。

⑩ 奄奄:和"晻晻"通用。

⑪ 人定:夜深人静的时候。

⑫ 华山:庐江郡小山名,今不可考。一说今安徽舒城南二十五里有华盖山,也许就是本诗的华山。

⑬ 多谢:多多告诉。

知道，诗里所叙的事就是汉末的实事，这诗大约就是当时的作品。焦仲卿、刘兰芝以一死反抗了两家的家长，焦母和刘兄。这诗以同情的态度写出他俩，暴露了礼教吃人的罪恶，成为攻击传统伦理的有力作品。汉末社会剧烈动摇，人民的思想信仰也起了大变化，在这时候产生这样的反抗传统伦理的作品是很自然的。

十五从军征

【题解】

　　这诗所写就是杜甫所谓"无家别"，杜甫的那篇有名的《无家别》也受到这篇诗的影响。这诗的主人公，少小从征，暮年还乡，不知盼了多少年，走了多少路，才回到了家，谁知家是这样的一个家，那滋味，无论时代相隔多久，生活距离多远，总是能体味的。这篇见于《乐府诗集·梁鼓角横吹曲》，前面增加四句，名《紫骝马》。据《乐府古题要解》，晋代已入乐。原来许是汉魏间大动乱时代的民歌。在它被用为横吹曲辞以前，曾否入乐，现在已难查考。《乐府正义》当它是"相和曲"《十五》篇的古辞，是否也很难说。现在因为难于归类，姑且列在汉杂曲古辞的末尾。

　　十五从军征，八十始得归。道逢乡里人："家中有阿谁^①？""遥看一作望是君家。"松柏冢累累^②。兔从狗窦入^③，雉从梁

【注释】

① 阿谁：谁也，阿是发语词。
② 松柏冢累累：冢，即"塚"字，高坟也。"累"和"垒"通。当本诗主人公打听家中有阿谁的时候，被问的人不愿明告，只得所答非所问地说"那边就是您的家"，言外之意就是说你自己去一看就明白了。老人向着手指处望去，只见松柏成林，高坟垒垒，全不是当年景象。下四句便是到家后所见。
③ 窦：孔穴也，狗窦是给狗出入的墙洞。

上飞，中庭生旅谷^④，井上生旅葵。舂谷持作饸^⑤，采葵持作羹。羹饸一时熟，不知贻阿谁^⑥。出门东向看一作望，泪落沾我衣。

（以上杂曲）

【注释】

④ 旅谷：未经播种而生叫作旅生，旅生的谷叫作旅谷。

⑤ 饸：即"饭"字。

⑥ 贻：送也。

第二部分

南朝乐府民歌

子夜歌 十首

【题解】

　　子夜歌，晋曲。晋代有个女子名叫子夜，她创造了这歌的音调。据说《子夜歌》的调子是"哀苦"的。

　　落日出前门，瞻瞩见子度①。冶容多姿鬓②，芳香已盈路。

其二

　　芳是香所为③，冶容不敢当④。天不夺人愿，故使侬见郎⑤。

　　以上两首是一唱一答，次首第一句答前首第四句，第二句答前首第三句，三四答前首一二。《子夜歌》本是男女赠答之辞，但在现存的歌辞里已不大容易分辨了。

【注释】

① 瞻瞩：视也。子：犹"汝"。度：过也。《读曲歌》"正见欢子度"，度字用法和此处相同。有时写作"踱"，例如《读曲歌》里的"揽裳踱"。
② 冶容：容态妖媚。
③ 香：指有香味的东西，如檀香、沉香，或香囊、香水。上一首的"香"指香气，与此不同。
④ 当：承当也。
⑤ 侬：第一人称代名词。吴人自称为侬。

其三

宿昔不梳头⑥，丝发被两肩。婉伸郎膝上⑦，何处不可怜？

其四

始欲识郎时，两心望如一。理丝入残机⑧，何悟不成匹⑨。

其五

今夕已欢别⑩，合会在何时？明灯照空局⑪，悠然未有期⑫。

【注释】

⑥ 宿昔：见前《饮马长城窟行》。

⑦ 婉伸：犹"屈伸"。婉，或作"宛""蜿""蜿"。义同。

⑧ 残机：残缺的织机。

⑨ 不成匹：以织丝不成匹段，隐喻情人不成匹偶，匹字双关。

⑩ 已欢别："已"或是"与"之误字。

⑪ 明灯：隐示油然，和"悠然"谐音。《读曲歌》有一首和这篇全同，只首句作"执手与欢别"。局：棋枰也。空局隐示未有棋。

⑫ 期：和"棋"同音双关。

其六

郎为傍人取，负侬非一事。摛^⑬门不安横^⑭，无复相关意^⑮。

其七

常虑有贰意，欢今果不齐^⑯。枯鱼就浊水^⑰，长与清流乖^⑱。

现代歌谣用比喻有和这首极相似的，如《粤风》："妹娇娥，怜兄一个莫怜多，己娘莫学鲤兄子，那河游到别条河。"

其八

感欢初殷勤，叹子后辽落^⑲。打金侧玳瑁，外艳里怀薄^⑳。

【注释】

⑬ 摛：张开的意思。

⑭ 横：即"闑"，就是门闩。

⑮ 相关：以"关门"的"关"隐"关心"的"关"。就是说你的心好比敞着的门，连门闩都不安装，再没有相关的意思了。

⑯ 齐：一也。不齐就是两心不能合一。

⑰ 鱼：喻男子。浊水：喻其他女子。

⑱ 清流：自喻。乖：离也。

⑲ 辽落：和"殷勤"相对，疏阔之意。和"寥落""落落"相似。

⑳ 薄：本是说金箔，又借作"薄情"的"薄"。意即情人的情好不终，只是表面做得好看，情怀早已淡薄，犹如金箔嵌在玳瑁里，外艳而里薄。

其九

我念欢的的㉑，子行由豫情㉒，雾露隐芙蓉㉓，见莲不分明。

其十

怜欢好情怀，移居作乡里。桐树生门前，出入见梧子㉔。

【注释】

㉑ 的的：即"旳旳"，明也。

㉒ 由豫：即犹豫，就是迟疑。

㉓ 雾露：雾也。偏义复词。芙蓉：就是莲的同义词。"莲"是"怜"字的双关语。怜，
　爱也。

㉔ 梧子：隐"吾子"。有人说"梧"是"晤"的双关语，也可通。晤，遇也。

子夜四时歌七首

春歌

春林花多媚，春鸟意多哀。春风复多情，吹我罗裳开。

明月照桂林一作朝日照北林①，初花锦绣色。谁能不相思一作春不思，独在机中织？

自从别欢后，叹音不绝响。黄檗向春生②，苦心随日长③。

夏歌

田蚕事已毕，思妇犹苦身。当暑理绤服④，持寄与行人。

【注释】

① 明月照桂林：这一句当依《玉台新咏》改作"朝日照北林"，春歌不当咏桂花，花在月光之下也显不出锦绣色来，在朝日之下才是这样。
② 黄檗：树名，即黄柏，茎的内皮黄色。
③ 苦心：树的本株叫作心，黄檗味极苦，所以说"苦心"。"苦心"也是双关语，树心苦，人心也苦，树的苦心一天一天生长，人的苦心也是一天一天增长。
④ 绤：细葛布。

秋歌

秋夜一作风入窗里^⑤，罗帐起飘飏。仰头看明月，寄情千里光^⑥。

冬歌

昔别春草绿，今还墀雪盈^⑦。谁知相思老，玄鬓白发生^⑧。

果欲结金兰^⑨，但看松柏林。经霜不堕地，岁寒无异心^⑩。

【注释】

⑤ 夜，似当从《玉台新咏》作"风"。下文"罗帐起飘飏"，就是承"风"字而言。

⑥ 千里光：指月光。这月光同时照着千里外的一个人，两地同看这个月，两情便可托月光而通了。

⑦ 墀：阶也。

⑧ 玄：黑色。

⑨ 金兰：《易·系辞上》"二人同心，其利断金。同心之言，其臭如兰"。结金兰犹言结同心。

⑩ 无异心：双关语。松柏的本株为心，冬夏不变，人心也要前后如一，经得起考验。

大子夜歌二首

从这两首知道《子夜歌》本是歌谣。"出天然","出口心",正道出歌谣的妙处。

歌谣数百种，子夜最可怜。慷慨吐清音，明转出天然①。

其二

丝竹发歌响，假器扬清音②。不知歌谣妙，声势出口一作由心③。

【注释】

① 明转：言明亮宛转，指音调。

② 假：借也。

③ 声势：指声音韵味（"势"指余音）。

上声歌

郎作上声曲①，柱促使弦哀②。譬如秋风急，触遇伤侬怀。

【注释】

① 上声是一种乐调的名称。《上声歌》是哀思之音，或是舞曲（庾信《咏舞》诗云"低鬟逐上声"）。

② 柱：筝瑟等乐器上架丝弦的木柱。促：言将柱移近使音变高。

欢闻变歌二首

张罾不得鱼^①，鱼不橹罾归一不上无鱼字，归上有不字。君非鸬鹚鸟^②，底为守空池^③？

这诗用捕鱼比喻追求异性。现代民歌里有与此相似的，如安化民歌："大河里涨水小河里浑，两边只见打鱼人，我郎打鱼不到不收网，恋姐不到不放心。"本诗次句不可解，左克明《古乐府》作"不橹罾不归"，较顺。

其二

锲臂饮清血^④，牛羊持祭天。没命成灰土，终不罢相怜。

这是男女"结同心"的盟誓，"没命成灰土，终不罢相怜"两句和《铙歌·上邪》篇"山无陵"五句口吻相似。

【注释】

① 罾：渔网也。
② 鸬鹚：即水老鸦，渔人养来捕鱼的鸟。
③ 底：何也，底为就是为何。
④ 锲：刻也。刻臂为盟是古代越人的习俗。饮血：盟誓的时候，各人将牛羊等动物的血各吸一口，古人叫作歃血。

前溪歌二首

【题解】

　　这两首也是一唱一答，前首是"终不罢相怜"的表示，后诗则似表示覆水难收，是所谓决绝之辞了。

　　黄葛生烂熳^①，谁能断葛根？宁断娇儿乳，不断郎殷勤。

其二

　　黄葛结蒙茏^②，生在洛溪边，花落逐水去，何当顺流还^③？还亦不复鲜！

【注释】

① 葛：豆科植物，茎长二三丈，缠绕他物。男女恋歌往往用葛作比喻，因为葛藤是会纠缠的。烂熳，应作"烂漫"，分布散漫也。
② 蒙茏：茂密覆盖之貌。
③ 何当顺流还：言何时可以沿流而返，也就是说没有再返之时。

丁督护歌二首

【题解】

　　诗中"直渎浦"未详何地，"北征"指什么战役也不可考。这是女子送爱人随督护出征的诗，该是民间产品。《玉台新咏》以前一首为宋孝武帝作，口吻绝不像。《乐府正义》说这是宋武帝"君臣为谑"之辞，更不足信。《宋书·乐志》不著作者姓名。

　　督护初征时①，侬亦恶闻许②。愿作石尤风③，四面断行旅。

其二

　　闻欢去北征，相送直渎浦。只有泪可出，无复情可吐。

【注释】

① 督护：官名。

② 许：此也。

③ 石尤风：飓风之类。《江湖纪闻》："石尤风者，传闻为石氏女嫁为尤郎妇，情好甚笃。夫为商远行，妻阻之不从。尤出不归，妻忆之病亡。临亡叹曰：'吾恨不能阻其行，以至于此，今凡有商旅远行，吾当作大风，为天下妇人阻之。'自后商旅发船值打头逆风，则曰此石尤风也，遂止不行。"

长乐佳

红罗复斗帐①，四角垂朱珰。玉枕龙须席②，郎眠何处床？

【注释】

① 复斗帐：见《焦仲卿妻》篇注解。

② 龙须席：用龙须草做成的席子。

懊侬歌

【题解】

　　这诗真实、朴素，毫无描写，自有情味，见民歌特色。《分甘余话》云："乐府'江陵去扬州'一首，愈俚愈妙，然读之未有不失笑者。余因忆再使西蜀时，北归次新都，夜宿，闻诸仆偶语曰：今日归家，所余道里无几矣，当酌酒相贺也。一人问所余几何？答曰：已行四十里，所余不过五千九百六十里耳。余不觉失笑，而复怅然有越乡之悲。此语虽谑，乃得乐府之意。"

　　江陵去扬州^①，三千三百里，已行一千三，所有二千在。

【注释】

① 江陵：地名，即今湖北江陵。扬州：六朝时代治所在建业（今南京），当时是一个繁华的商业都市。

华山畿
四首

隔津叹^①，牵牛语织女，离泪溢河汉^②。

其二

相送劳劳渚^③。长江不应满，是侬泪成许！

其三

奈何许^④！天下人何限，慊慊只为汝^⑤！

其四

夜相思，风吹窗帘动，言是所欢来^⑥。

【注释】

① 津：渡水处。

② 河汉就是天河。

③ 劳劳：见《焦仲卿妻》篇注。劳劳渚似为地名，犹如劳劳山、劳劳亭之类。渚，洲也。

④ 许：语尾助词。

⑤ 慊慊：空虚之感。汝：指所欢。末句是说我之所以感到如此空虚，只是为你一个人啊。

⑥ 言，是在心里自言。末句译为现代话就是"只道是爱人来了呢"。

读曲歌十五首

千叶红芙蓉，照灼绿水边①。余花任郎摘，慎莫罢侬莲②。

其二

柳树得春风③，一低复一昂。谁能空相忆，独眠度三阳④？

其三

折杨柳。百鸟园林啼，道欢不离口⑤。

其四

逋发不可料⑥，顦顇为谁睹⑦？欲知相忆时，但看裙带缓几许⑧！

【注释】

① 灼：明也。

② 罢，疑当作"摆"，摇动也。"罢侬莲"也就是"摆侬怜"，以"莲"谐"怜"是歌谣里最普通的，已见前。

③ 柳树：自喻。春风：喻所欢。

④ 三阳：即三春，指春季的三个月。

⑤ 道欢："欢"可以指鸟的所欢，也可以指人的所欢，指人说较有情味。其人心中无时不有欢在，因而觉得林中百鸟都在说着他了。道，语也。

⑥ 逋发：逋，欠也。"逋发"似说头发因脱落而稀少。一说"逋发"或是"蓬发"之误。蓬发连文是常见的，从《诗经》"首如飞蓬"来。料：理也。"蓬发不可料"是说蓬头乱发不好理，和《懊侬歌》"发乱谁料理"一句意思相同。

⑦ 顦顇：和憔悴相同，瘦病之貌。

⑧ 缓：宽也。

其五

怜欢敢唤名⑨？念欢不呼字。连唤欢复欢⑩，两誓不相弃。

其六

奈何许！石阙生口中⑪，衔碑不得语。

其七

白门前⑫，乌帽白帽来。白帽郎，是侬良⑬，不知乌帽郎
是谁？

【注释】

⑨ 敢：犹言岂敢、不敢。敢唤名就是不唤名的意思。

⑩ 连唤就是频频叫唤。既不唤名又不呼字，只有叫"欢"。欢，犹言"吾爱"。

⑪ 石阙：古人在墓道外左右立石阙，上刻死者姓名官爵，这里用作"碑"的同义词。
这句暗射"衔碑"。"碑"和"悲"同音双关。

⑫ 白门：刘宋都城建康（今南京）城门。后来成为南京的别称。

⑬ 良：良人也，就是丈夫。

其八

自从别郎后，卧宿头不举^⑭。飞龙落药店，骨出只为汝^⑮。

其九

音信阔弦朔^⑯，方悟千里遥。朝霜语白日，知我为欢消^⑰。

其十

语我不游行^⑱，常常走巷路^⑲。败桥语方相^⑳：欺侬那得度^㉑？

【注释】

⑭ "头不举"是说生病。

⑮ "骨出"是说消瘦露骨。药中有龙骨，这里是用飞龙之骨隐思妇之骨。

⑯ 阔：疏也。弦：月形像弓的时候叫弦，阴历每月初七八是上弦，二十三日前后是下弦。朔：阴历每月初一为朔。首句是说音信疏阔，历经弦朔。

⑰ 消：双关语，早晨的霜因白日而消融，人为欢而消瘦。

⑱ 游行：指游荡。

⑲ 巷路就是花街柳巷，就是狭邪。

⑳ 方相：驱疫和送葬的像神。治丧人家往往在门外立一对高大像神，面目凶丑，出殡时抬着走在棺柩前面，那就叫方相。最初本是官名，《周礼·夏官》有"方相氏"，脸上蒙"熊皮黄金四目"（一种面具），掌驱疫。

㉑ 欺侬是双关语，本该说"俱侬"。"俱侬"就是俱人，也就是方相。度：也是双关语。俱人渡河渡不过去，郎要欺骗侬也骗不过去。

其十一

君行负怜事㉒，那得厚相於㉓？麻纸语三葛㉔：我薄汝粗疏。

这诗末句是双关语，以纸薄葛粗比"君"疏"侬"薄。"疏"应第一句，"薄"应第二句。

其十二

打杀长鸣鸡，弹去乌臼鸟㉕，愿得连冥不复曙，一年都一晓㉖。

杀鸡弹鸟，恨其惊醒好梦，又恨它催送天明。一夜像一年那么长才称心呢。

【注释】

㉒ 负怜：辜负爱情，犹言负心。

㉓ 相於：相亲也。

㉔ 麻纸：纸名。三葛：葛布名。

㉕ 弹：动词，用弹丸射击。乌臼就是鸦舅，候鸟名，形似老鸦而小，北方俗名黎雀，天黎明时就啼唤。

㉖ 都：犹"凡"，是总计之词。

其十三

下帷掩灯烛^㉗，明月照帐中。无油何所苦^㉘，但使天明侬^㉙。

其十四

种莲长江边，藕生黄蘗浦^㉚，必得莲子时^㉛，流离经辛苦^㉜。

这是用双关隐语来表示爱情是要经过曲折痛苦才能获得的。

其十五

暂出白门前，杨柳可藏乌。欢作沉水香^㉝，侬作博山炉^㉞。

（以上清商曲辞·吴声歌）

【注释】

㉗ 掩：止息也。掩灯烛犹言灭灯烛。

㉘ 油：隐示因由之由。

㉙ 明：动词，照明也，这里义取双关。当灯火无油的时候，明月来照亮，是"天明侬"；一对爱人之间有什么纠纷，辩解无由的时候，只求上天鉴照此心，也是"天明侬"。

㉚ 藕：谐"偶"。黄蘗：隐示苦。浦：水边。

㉛ 莲子：谐"怜子"，子指恋爱的对方。

㉜ 流离：转徙也，言奔波跋涉之苦。

㉝ 沉水香：又名沉香或蜜香，是一种香木，放在炉里燃烧，其烟极香。

㉞ 博山炉：香炉名，形状像海中的博山。

圣郎曲

【题解】

这是"神弦歌"之一，是江南民间祀神的乐章。所祀的都是些"杂神""杂鬼"，大都不可考。"圣郎"是其中之一。

左亦不伴伴^①，右亦不翼翼，仙人在郎傍，玉女在郎侧^②。酒无沙糖味，为他通颜色^③。

【注释】

① 伴伴，疑当作"洋洋"，洋洋和翼翼都是舞貌，"不洋洋""不翼翼"是说舞蹈已停。

② 玉女：传说中太华山神女，字玉姜。仙人和玉女似指塑像（也可能是女巫所扮，她们原来是在洋洋翼翼地舞着，现在侍立在神的两旁）。

③ 他：指酒。末二句说酒味不甜，但能使颜色和畅，所以用来敬神。

娇女诗

　　蹀躞越桥上^①，河水东西流^②。上有神仙一作仙圣^③，下有
西流鱼。行不独自自下一有去字，三三两两俱。

【注释】

① 越：度也。

② 东西流：东西是偏义复词，见前《白头吟》。

③ 上有神仙："仙"下似有脱字，一作"上有神仙居"。这位娇女神的祠庙似在桥上。
　　第五句应从左克明《古乐府》作"行不独自去"，指鱼而言。

白石郎曲二首

白石郎^①，临江居，前导江伯^②后从鱼。

其二

积石如玉，列松如翠。郎艳独绝，世无其二。

　　一二两句描写庙里的阶墀整洁，树木苍翠，同时也象征白石郎的"艳"。

【注释】
① 白石郎：也是当时民间所祀杂神之一，今江苏溧水北有白石山。
② 江伯：水神。

青溪^①小姑曲

开门白水，侧近桥梁，小姑所居^②，独处无郎。

【注释】

① 青溪：水名，发源钟山。

② 小姑：汉秣陵尉蒋子文的第三妹。吴孙权时为蒋子文在钟山立庙，所以钟山又称蒋山。小姑被祀为神或在同时，最迟不过晋代。小说里关于她的神话很多，都说是晋宋两代事。

采莲童曲二首

泛舟采菱叶，过摘芙蓉花。扣枻命童侣①，齐声采莲歌。

其二

东湖扶菰童②，西湖采菱芰③，不持歌作乐④，为持解愁思。

末二句将"作乐"和"解愁"作为两回事，是从程度上分别深浅。

【注释】

① 枻：同"楫"，船旁划水的用具。

② 扶，疑当作"拔"，拔菰犹拔蒲，西曲有《拔蒲歌》云："与君同舟去，拔蒲五湖中。"菰就是茭白。

③ 芰，疑当作"伎"，伎是乐人，采菱也是曲名。

④ 持：犹今言"把"。作乐：取乐也。

明下童曲

　　"神弦歌"虽是祀神乐章，体制大都和歌谣无别，这一首也是。

　　走马上前阪^①，石子弹马蹄。不惜弹马蹄，但惜马上儿。

（以上清商曲辞·神弦歌）

【注释】

① 阪：地的倾斜面。

石城乐①

闻欢远行去，相送方山亭。风吹黄檗藩②，恶闻苦离声。

这诗也是用双关隐语。黄檗是苦木，黄檗做篱，可称苦篱，"篱"和"离"同音双关。

【注释】
① 石城：在竟陵郡，今湖北钟祥治。
① 藩：篱也。

莫愁乐

莫愁在何处^①？莫愁石城西。艇子打两桨^②，催送莫愁来。

【注释】

① 莫愁：人名，石城女子，善歌谣。

② 艇子：小船。

襄阳乐 三首

朝发襄阳城①，暮至大堤宿。大堤诸女儿，花艳惊郎目②。

其二

人言襄阳乐，乐作非侬处。乘星冒风流③，还侬扬州去。

其三

女萝自微薄④，寄托长松表。何惜负霜死，贵得相缠绕。

这篇是女子辞，以女萝自比，以长松比所欢。

【注释】

① 襄阳：郡名，故治即今湖北襄阳。
② 花艳：像花一般艳丽。
③ 乘星：表面是说乘星光，实则隐"称心"两字。风流：表面是指风和流水，实则暗示风流乐事的风流。
④ 女萝：见前汉乐府《冉冉孤生竹》篇。

三洲歌二首

【题解】

三洲歌，《古今乐录》："三洲歌者，商客数游巴陵、三江口往还，因共作此歌。"巴陵就是今湖南岳阳，三江口在苏州附近。诗中地名三山在今南京西南，板桥湾或即《水经·江水注》的板桥浦，离三山很近。"风流"两字也是双关。说见前。

送欢板桥湾，相待三山头。遥见千幅帆，知是逐风流。

其二

风流不暂停，三山隐行舟。愿作比目鱼，随欢千里游。

采桑度二首

【题解】

【题解】

　　"吴歌""西曲"因为产生于商业城市，很少描写农业劳动的歌辞，这里是仅有的几首。

　　春月采桑时，林下与欢俱。养蚕不满百，那得罗绣襦？

其二

　　采桑盛阳月[1]，绿叶何翩翩！攀条上树表，牵坏紫罗裙。

【注释】

① 盛阳月：指阴历二三月。

青阳渡

碧玉捣衣砧①,七宝金莲杵②。高举徐徐下,轻捣只为汝③。

【注释】

① 捣衣砧:捣衣石。
② 七宝:通常指金、银、琉璃、玛瑙、珊瑚、琥珀等物。
③ 轻捣是"倾倒"两字的谐声。

来罗

郁金黄花标 ，下有同心草，草生日已长，人生日就老。

【注释】

① 郁金：指郁金香，百合科植物，花有红黄白等色。标：旗帜也。"黄花标"是说黄花开在花轴的顶上，状如旗帜。

安东平三首

【题解】

《安东平》，《乐府诗集》共收五曲，此三曲意相联贯。

吴中细布，阔幅长度，我有一端①，与郎作裤。

其二

微物虽轻，拙手所作，余有三丈，为郎别厝②。

其三

制为轻巾，以奉故人。不持作好，与郎拭尘。

【注释】

① 端：普通以二丈为一端，又有丈八、丈六、六丈诸说。这里前面说"我有一端"后面又说"余有三丈"，是以六丈为一端。
② 厝：措也。别厝就是另作措置。

那呵滩

闻欢下扬州，相送江津湾^①。愿得篙橹折，交郎到头还^②。

【注释】

① 江津：指今湖北江陵附近之江津。《古今乐录》云："《那呵滩》……多叙江陵及扬州事。'那呵'盖滩名也。"
② 交：同"教"。到就是"倒"，篙橹都折，只好倒头而还了。

拔蒲

　　拔蒲终日，所得不足一把，可见心不在拔蒲。《诗经·卷耳》篇："采采卷耳，不盈顷筐"，情形正相似。但这是写欢乐，那是写相思。

　　朝发桂兰渚，昼息桑榆下。与君同拔蒲，竟日不成把。

作蚕丝二首

春蚕不应老，昼夜常怀丝^①。何惜微躯尽，缠绵自有时^②。

其二

素丝非常质，屈折成绮罗。敢辞机杼劳，但恐花色多^③。

西乌夜飞

日从东方出，团团鸡子黄^①。夫归恩情重^②，怜欢故在傍。

（以上清商曲辞·西曲歌）

【注释】

① 鸡子黄：即蛋黄，比初出的太阳。这类新鲜的比喻往往是民间无名诗人所创造的。

② 归，或疑当作"妇"，似不然。古歌谣往往以日、月比喻丈夫。

西洲曲

【题解】

这诗写一个女子对所欢的思和忆。开头说她忆起梅落西洲那可纪念的情景，便寄一枝梅花给现在江北的所欢，来唤起他相同的记忆。以下便写她从春到秋，从早到晚的相思。诗中有许多词句表明季节，如"折梅"表早春，"单衫""杏红""鸦雏"表春夏之交，"伯劳飞"表仲夏，"采红莲"是六月，"南塘秋"是早秋(因为还有"莲花过人头")，"弄莲子"是八月，"鸿飞满西洲"便是深秋景象。这篇诗《乐府诗集》题为《古辞》，原来该是长江流域的民歌，字句似已经过文人的修饰。音节之美是本诗的特色，代表"吴歌""西曲"最成熟最精致阶段的产品。

忆梅下西洲①，折梅寄江北。单衫杏子红一作黄，双鬓鸦雏色②。西洲在何处？两桨桥头渡。日暮伯劳飞③，风吹乌臼

【注释】

① 下：落也。落梅时节是诗中男女共同纪念的时节。西洲：未详。(或是武昌附近小地名，唐温庭筠《西洲曲》云："西洲风色好，遥见武昌楼。")是诗中男女共同纪念的地方。
② 鸦雏："鸦"同"鸦"。鸦雏是小鸦。
③ 伯劳：鸣禽，仲夏始鸣，好单栖。

树。树下即门前，门中露翠钿^④。开门郎不至，出门采红莲。采莲南塘秋，莲花过人头。低头弄莲子，莲子青如水。置莲怀袖中，莲心彻底红^⑤。忆郎郎不至，仰首望飞鸿^⑥。鸿飞满西洲，望郎上青楼^⑦。楼高望不见，尽日栏杆头。栏杆十二曲，垂手明如玉。卷帘天自高，海水摇空绿^⑧。海水梦悠悠^⑨，君愁我亦愁^⑩。南风知我意，吹梦到西洲。

【注释】

④ 翠钿：用翠玉做成或镶嵌成的首饰。

⑤ 莲心彻底红：彻底红就是红得通透底里。"莲心"隐"怜心"，这一句意思双关。

⑥ 望飞鸿：古人有用鸿雁传书信的事，成为典实。望飞鸿有望书信的意思。

⑦ 青楼：涂饰青漆的楼。汉魏六朝诗中常以青楼为女子所居，但与后来以青楼为妓院意思不同。

⑧ 海水摇空绿：秋夜的一片蓝天，像大海。"摇"的感觉从"帘"来，帘在动，隔帘见天似海水溲漾。一说内地人有呼江为海者，海水即指江水。"卷帘"两句是倒装。

⑨ 海水梦悠悠：悠悠是渺远，天海寥廓无边，所以说悠悠。天海的悠悠正如梦的悠悠。

⑩ 君：指在江北的所欢。

长干曲

逆浪故相邀^①，菱舟不怕摇。妾家扬子住^②，便弄广陵潮^③。

"广陵潮"在浙江还是在扬子江，向有争论。这首诗还不曾被人当证据引用过。长干，古金陵里巷名，在今南京南。

（以上南朝杂曲古辞）

【注释】

① 邀：遮拦。

② 扬子该是指扬子津，在长江北岸，近瓜州。

③ 便：习也，读如"便宜"的"便"。广陵：地名，今江苏扬州。

第三部分

北朝乐府民歌

企喻歌三首

男儿欲作健①，结伴不须多。鹞子经天飞②，群雀两向波③。

其二

放马大泽中④，草好马着膘⑤。牌子铁裲裆⑥，鉅鉾鹘尾条⑦。

其三

前行看后行⑧，齐着铁裲裆，前头看后头，齐着铁鉅鉾。

【注释】

① 作健：作健儿也。

② 鹞子：猛禽，似鹰，捕食小鸟。

③ "两向波"是说群雀左右飞逃。这里似以"波"为"播"，播，逃散也。

④ 大泽：水草所聚之地。

⑤ 着膘就是上膘，长肥也。

⑥ 牌子：未详，或是指盾。铁裲裆：铁甲的一部分。裲裆，本作"两当"，就是背心。

⑦ 鉅鉾鹘：未详。下曲说"着鉅鉾"，和"着裲裆"对举，当是服装的一种。这句"鹘尾条"和"鉅鉾"相连，似鉅鉾用鹘尾做装饰，因疑鉅鉾是兜鍪（头盔）之类。鹘，长尾的雉。

⑧ 前行看后行：和"前头后头"意义相同，这是写行军的行列。

琅琊王歌四首

新买五尺刀，悬着中梁柱。一日三摩娑①，剧于十五女②。

其二

东山看西水，水流盘石间③，公死姥更嫁，孤儿甚可怜。

　　头两句是"起兴"，就是"起头儿"。歌谣的起头句子有时是比喻或暗示，和下文意思连贯；有时只有情调的联系，或全无联系，只在音节上是一环。这诗的起头似属第三种。

其三

客行依主人，愿得主人强。猛虎依深山④，愿得松柏长。

【注释】

① 摩娑：用手抚摩。
② 剧：甚也。此句言爱刀甚于爱少女。
③ 盘石：同"磐石"，见《焦仲卿妻》篇。
④ 猛虎：自比。深山：比主人。

其四

恄一作快马高缠鬃⑤，遥知身是龙⑥。谁能骑此马，唯有广平公⑦。

【注释】

⑤ 恄马，应从左克明《古乐府》作"快马"。"恄"训嫌恶，不能作为马的形容字。鬃：同"騣"，马的鬣毛。

⑥ 龙：古人称高大的马为龙。（《周礼》："马八尺以上为龙。"）

⑦ 广平公：后秦姚兴之子，姚泓之弟，名弼，骁勇善战。

紫骝马歌二首

烧火烧野田，野鸭飞上天。童男娶寡妇，壮女笑杀人。

北朝社会轻视寡妇，高欢曾以民间寡妇配俘虏，从这诗后两句也可以见出。前两句是起兴，和下文似无意义上的联系。

其二

高高山头树，风吹叶落去。一去数千里，何当还故处？

这诗和曹植诗"转蓬离本根"喻意相同。北朝男子从军转战的多，所以有叶落离枝，难还故处的感想。苻融《企喻歌》："男儿可怜虫，出门怀死忧。"语意相似。《紫骝马》歌辞共六曲，另四曲是将汉诗《十五从军征》十六句分作四章，已见前。

地驱乐歌辞三首

驱羊入谷，白羊在前。老女不嫁，蹋地唤天①。

其二

侧侧力力②，念君无极。枕郎左臂，随郎转侧。

其三

摩拶郎须③，看郎颜色。郎不念女，不可与力④。

【注释】

① 蹋就是"踏"。蹋地唤天是顿足悲号。

② 侧侧力力：叹息的声音。晋太宁初童谣云："侧侧力力，放马山侧。""恻恻""侧侧"都和"切切"声音相同。"切切"表悲切的声音，较常见（参看《木兰诗》"唧唧"注）。

③ 拶：抚摩也。

④ "不可与力"等于说不可勉强。一本作"各自努力"，意思和语气便不同。

雀劳利歌辞

雨雪霏霏雀劳利①，长嘴饱满短嘴饥。

"长嘴"比社会上有凭借有手腕的人，"短嘴"比贫贱老实的人。这是讽世的诗。

【注释】

① 霏霏：雨雪下得很紧的样子。劳利：似写鸟雀喧叫声。

慕容垂歌辞三首

【题解】

这三曲是秦人因慕容垂战败而作，嘲笑的口吻很显明。有人以为燕国人的歌，甚至以为慕容垂所作，很难解得通。

慕容攀墙视①，吴军无边岸②。我身分自当③，枉杀墙外汉④。

其二

慕容愁愦愦，烧香作佛会，愿作墙里燕⑤，高飞出墙外。

其三

慕容出墙望，吴军无边岸。咄我臣诸佐，此事可惋叹⑥！

【注释】

① 慕容：指慕容垂，前燕时封吴王，曾降苻坚，为冠军将军。后离秦独立，为后燕主。
墙：城墙，指新城（慕容垂攻苻丕时筑）。
② 吴军：指晋刘牢之军。慕容垂曾攻击苻丕。围邺城。刘牢之救苻丕，大败垂部。
垂退屯新城，刘军进逼。
③ 我：代慕容自称。
④ 汉：似谓慕容军中的汉人。
⑤ 燕：双关语，慕容垂是燕人，其时自号"燕王"。
⑥ 惋：惊恨也。

陇头流水歌辞

西上陇阪①，羊肠九回②。山高谷深，不觉脚酸。手攀弱枝，足逾弱泥。

末二句另是一曲，但文义和上四句相连，本是一首诗。

【注释】

① 陇阪：指陇山，在今陕西陇县西北，绵亘于陕西的陇县、宝鸡市和甘肃的镇原、清水、秦安、静宁等地。
② 羊肠：指狭窄盘曲的路径。九回：多次的迂回。

隔谷歌二首

儿一作兄在城中弟在外^①。弓无弦，箭无栝^②。食粮乏尽若为活^③？救我来！救我来！

这诗似出于围城中困守的战士。

其二

兄为俘虏受困辱，骨露力疲食不足。弟为官吏马食粟，何惜钱刀来我赎！

这一首和上一首题相同，但在《乐府诗集》里两首不相连。依《乐府诗集》例，凡是同曲异辞前后分载，初见者是旧曲，再见者是新曲。《隔谷歌》虽不曾注明新旧曲，但可以上例推知两首不是同时的作品，而这一首是后出。

【注释】

① "儿"是误字，应从左克明《古乐府》作"兄"。

② 栝：箭的末端。"弓无弦，箭无栝"是说弓箭残缺折断，武器不能用了。

③ "若为"等于说"如何"。

捉搦歌四首

粟谷难舂付石臼,弊衣难护付巧妇^①。男儿千凶饱人手^②,老女不嫁只生口。

其二

谁家女子能行步,反着夹禅后裙露^③。天生男女共一处,愿得两个成翁姬^④。

其三

华阴山头百丈井^⑤,下有流泉彻骨冷。可怜女子能照影,不见其余见斜领。

【注释】

① "护"是说遮护身体,坏衣难于护体,就交付巧妇去补绽。前两句是说人与物各有其一定的用处。
② "饱人手"等于说"活人手","手"就是"屠龙手""弓箭手"的"手"。后两句是说男子纵然有千种不好,总还是养活一家的人手,因为他是担负生产劳动的。女子老而不嫁,对人没有用处,徒然坐食罢了。
③ 夹:夹衣。禅:单衣。
④ "成翁姬"等于说成夫妇。今北方俗语称夫妇为"公母俩",与此相似。
⑤ 华阴:县名,在今陕西华阴东南。

　　　　　　　　　　　　　　　　　　　　乐府诗选

其四

黄桑柘屐蒲子履，中央有系两头系^⑥。小时怜母大怜婿，何不早嫁论家计^⑦。

【注释】

⑥ 系：用来维系物件的丝绳。上两句是说木屐和蒲履都有绳，两头可连系，两头比母家和婿家。

⑦ 家计：一家生活之计。"老女不嫁只生口""何不早嫁论家计"，都是将婚姻和经济做一处考虑。

折杨柳歌辞四首

上马不捉鞭[1]，反折一作拗杨柳枝。蹀座吹长笛[2]，愁杀行客儿。

这是写离别的诗。折柳赠别是古俗，"柳"谐"留"音，折柳是留客的意思。行客自己折柳自然也是惜别的表示。

其二

腹中愁不乐，愿作郎马鞭。出入擐郎臂[3]，蹀座郎膝边[4]。

这诗使人联想张衡《同声歌》："思为莞蒻席，在下蔽匡床，愿为罗衾帱，在上卫风霜"四句，都是热情的想象。但蒻席衾帱不离闺阁，不如"愿为郎马鞭"又新鲜又朴素。这里面也见出胡汉生活的不同。末句是说无论郎行郎坐都像马鞭不离左右。

【注释】

① 捉：握也。

② 蹀座："座"同"坐"。"蹀座"犹言"行坐"（韩愈诗："远蹀金珂塞草春。"王伯大云："躞蹀行貌，谓行春也。"）。"蹀座吹长笛"是说行者和坐者都吹长笛。《折杨柳枝歌》第一曲和这首全同，唯"蹀座"作"下马"。

③ "出入"是说出门入门。擐：系也。

④ 蹀座郎膝边，这是就马鞭说的，无论郎在行时或坐时，马鞭是不离他的膝边的。

　　　　　　　　　　　　　　　　　乐府诗选

其三

遥看孟津河⑤，杨柳郁婆娑。我是虏家儿⑥，不解汉儿歌。

从后两句可知这篇是"胡"歌汉译。

其四

健儿须快马，快马须健儿，跋跋黄尘下⑦，然后别雄雌。

【注释】

⑤ 孟津：地名，今名河阳渡，在河南孟县南。

⑥ 虏：汉人对胡人的称呼。虏儿、汉儿就是胡人、汉人。

⑦ 跋：音鳖，就是用脚敲击地。"跋跋"是马快跑的声音。

幽州马客吟歌辞

恢一作快马常苦瘦，剿儿常苦贫①。黄禾起羸马②，有钱始作人。

【注释】

① 剿：劳也。剿儿指劳苦人民。

② 羸：瘦弱也。干草使瘦马转肥，比出有钱才能做人。

折杨柳枝歌 三首

门前一株枣①，岁岁不知老。阿婆不嫁女②，那得孙儿抱？

其二

敕敕何力力③，女子临窗织。不闻机杼声，只闻女叹息。

其三

问女何所思，问女何所忆。阿婆许嫁女，今年无消息。

【注释】

① 枣：和"早"同音双关。

② 阿婆：母亲也。

③ 敕敕、力力：叹声，和《地驱乐歌》的"侧侧力力"，《木兰诗》的"唧唧力力"同义（参看彼注）。何：语助词，就是"啊"。"敕敕何力力"句法和《孔雀东南飞》的"隐隐何甸甸"相同。

慕容家自鲁企由谷歌

郎在十重楼，女在九重阁。郎非黄鹄子，那得云中雀①？

【注释】

① 云中雀：女子自比。

陇头歌辞三首

【题解】

"陇头歌"曲名，本出魏晋乐府，这篇风格和一般北歌不大同，或是汉魏旧辞。

陇头流水[①]，流离山下[②]。念吾一身，飘然旷野。

其二

朝发欣城[③]，暮宿陇头。寒不能语，舌卷入喉。

其三

陇头流水，鸣声呜咽。遥望一作看秦川[④]，心肝断绝。

【注释】

① 陇头：陇山的顶上。陇山已见前。《乐府诗集》引《三秦记》说："其坂九回，上者七日乃越。上有清水四注下。所谓'陇头水'也。"

② 流离：山水淋漓四下的样子。

③ 欣城：地名，未详。

④ 秦川：指关中，就是从陇山东到函谷关一带地方。

高阳乐人歌二首

可怜白鼻騧^①，相将入酒家。无钱但共饮，画地作交赊^②。

其二

"何处碟觞来^③？两颊红如火。""自有桃花容，莫言人劝我。"

　　这一首似乎是问答体。上两句，甲见乙两颊通红，问他在哪儿喝了酒。下两句，乙不承认和人共饮，说脸红是本来如此。

【注释】

① 騧：黑口黄身的马。

② 交赊：交是给现钱，赊是挂账。交赊似乎是偏义复词。偏用"赊"字的意义，无钱共饮，只得赊账。"画地"未详，或是说在地上画码子算账。

③ 碟：音帖，小舐也。"碟觞"等于说饮酒。

木兰诗

  唧唧复唧唧一作促织何唧唧，一作唧唧何力力^①，木兰当户织^②。不闻机杼声，唯闻女叹息。问女何所思，问女何所忆。"女亦无所思，女亦无所忆。昨夜见军帖^③，可汗大点兵^④，军书十二卷，卷卷有爷名。阿爷无大儿，木兰无长兄，愿为市鞍马，从此替爷征。"

  以上叙木兰准备代父从征。

  东市买骏马，西市买鞍鞯^⑤，南市买辔头，北市买长鞭。旦一作朝辞爷娘去，暮宿黄河边。不闻爷娘唤女声，但闻黄河流水鸣溅溅^⑥。旦辞黄河去，暮至一作宿黑山一作黑水头^⑦。不

【注释】

① 唧唧：叹息声。第一句《文苑英华》作"唧唧何力力"，注云："力力"又作"历历"。开头六句本从《折杨柳枝歌》来，《折杨柳枝歌》有"敕敕何力力"一句。"敕敕""唧唧""力力""历历"以及《地驱乐歌辞》的"侧侧"都是写叹声。

② 木兰：女子名，姓氏里居不详（后世记载纷纭，都不足取信。有人说木兰姓魏，有人说姓朱，又有说姓花，也有说木兰是姓，不是名。有人说她是谯郡人，有说是宋州人，又有黄州、商丘等说）。

③ 军帖：征兵的文书。

④ 可汗：西北民族君主之称，起于汉以后。

⑤ 鞯：马鞍的垫子。

⑥ 溅溅：水流声。

⑦ 黑山：即杀虎山，蒙古语为"阿巴汉喀喇山"，在今呼和浩特东南百里。

闻爷娘唤女声,但闻燕山胡骑鸣一作声啾啾^⑧。

以上叙出发到战地。

万里赴戎机,关山度若飞。朔气传金柝^⑨,寒光照铁衣^⑩。将军百战死,壮士十年归。

以上叙木兰经历十年战士生活后还都。

归来见天子,天子坐明堂^⑪。策勋十二转^⑫,赏赐一作赐物百千强。可汗问所欲,"木兰不用尚书郎一作欲与木兰赏^⑬,不愿尚书郎,愿驰千里足一作愿借明驼千里足^⑭,送儿还故乡^⑮。"

【注释】

⑧ 燕山:指燕然山,即今蒙古国境内之杭爱山。
⑨ 朔气:指北方寒气。金柝:军用铜器,像锅,有三只脚,又有柄,容量相当于斗。白天做炊具,夜里用来报更。就是刁斗。
⑩ 铁衣:指战甲。
⑪ 明堂:天子祭祀、朝诸侯、教学、选士的地方。
⑫ 策勋就是纪功。十二转:将勋位分作若干等,每升一等为一转。唐代武德七年(624)定武骑尉到上柱国十二等为勋官。用来酬赏功臣。
⑬ 尚书郎:官名,尚书机关的侍郎。
⑭ 千里足:指驼、马等代步之物。《酉阳杂俎》作"愿借明驼千里足",明驼指骆驼。
⑮ 儿:女子自称之辞。

以上叙木兰入朝受赏。

爷娘闻女来，出郭相扶将。阿姊闻妹来一作阿妹闻姊来，当户理红妆。小弟闻姊来，磨刀霍霍向猪羊⑯。开我东阁门，坐我西阁床。脱我战时袍，着我旧时裳。当窗理云鬓，对镜帖花黄⑰。出门看火伴，火伴皆一作始惊忙一作惶"同行十二年，不知木兰是女郎。"

以上叙木兰到家。

雄兔脚扑朔一作握⑱，雌兔眼迷离⑲。双兔傍地走，安能辨我是雄雌。

以上是歌者的话。这是歌咏女英雄代父从军的故事诗。诗的时代虽然众说纷纭，但不会产生于"五胡乱华"以前，这是从历史地理

【注释】

⑯ 霍霍：疾速貌。
⑰ 帖花黄：六朝以来女子有黄额妆，在额间涂黄。梁简文帝诗"约黄能效月，裁金巧作星"就是"帖花黄"的意思（后魏民间妇人作"黄眉黑妆"，情形或相似）。
⑱ 扑朔：跳跃貌。
⑲ 迷离：不明貌。以上二句互相补充，雌兔的脚也扑朔，雄兔的脚也迷离。

的条件可以判定的。也不会在陈以后，因为陈代人智匠所编的《古今乐录》已经提到这诗的题目了。最可能的情形是事和诗都产生在后魏，因为后魏与"蠕蠕"（即柔然）的战争和诗中地名相合。这诗产生于民间。虽有经后代文人润色的嫌疑（如"万里赴戎机"以下六句），保存民歌风调的地方还是很多，如开端和结尾以及中间"东市买骏马""爷娘闻女来"两节都很显著。"策勋十二转"是唐代制度，可能是唐人用当时制度窜改原文。但这种地方不必拘泥，因为本诗的数字未必能做什么根据。诗里屡次说"十二"，军书是"十二卷"，同行是"十二年"，策勋又是"十二转"，何其太巧？何况十二卷的军书"卷卷有爷名"，是不合理的，"同行十二年"和"壮士十年归"是矛盾的，策勋至于十二转也未免太高，很难信为事实。"十二"无非言其多罢了，正如"十年"也不过是举其成数，都不能认为确实的数字。

（以上梁鼓角横吹曲辞）

第四部分（附录）

汉至隋歌谣

淮南王歌

【题解】

这是讽汉文帝的歌。文帝六年（前174），他的弟弟淮南王刘长谋反，文帝把刘长从淮南迁蜀。刘长在中途绝食自杀。后来民间产生这首歌谣。歌辞说在贫家尺绢斗粟就可以使人满足，皇帝富有天下，王侯富有一国，还要你争我夺，至于兄弟不能相容，岂不太可怪了。帝王的家务确实是老百姓所不懂的。本篇歌辞据高诱《淮南鸿烈解序》。《汉书》作"一尺布，尚可缝；一斗粟，尚可舂。兄弟二人不相容"。

一尺缯^①，好童童^②。一斗粟，饱蓬蓬。兄弟二人不能相容。

【注释】

① 缯：绸绢的总名。
② 童童：洁净而有光泽的样子。

卫皇后歌

生男无喜，生女无怒，独不见卫子夫霸天下 [①] ？

这歌"霸天下"三字显出讽刺。唐朝白居易《长恨歌》咏杨妃事说："姊妹弟兄皆列土，可怜光彩生门户；遂令天下父母心，不重生男重生女。"用意相似。

【注释】

① 卫子夫：本是平阳公主家的歌女，后来做了汉武帝的皇后。子夫的弟弟卫青做到大将军，封长平侯，权势震动天下。

通博南歌

【题解】

据常璩《华阳国志》和郦道元《水经注》知道这篇是汉武帝时的民歌（《后汉书》误以为汉明帝时）。《华阳国志》说武帝时通博南山，渡兰仓水、淄溪，取"哀牢夷"土地，置嶲唐、不韦二县，当时行人作这首歌。歌辞反映远征者的怨苦之情。

汉德广，开不宾①。度博南②，越兰津③。度兰仓，为他人。

【注释】

① 不宾：不服也，怀德而服为宾。

② 博南：汉县，以博南山得名，在今云南永平。

③ 兰津：指兰仓水，今名澜沧江，源出青海省南境，经西藏、云南最后入越南。

郑白渠歌

【题解】

　　这是歌颂水利的民歌。《汉书·沟洫志》说：太始二年（前95），因大中大夫白公建议，穿郑国渠，引泾水，"首起谷口，尾入栎阳"。溉田四千五百余顷。人民非常欢迎，因而产生此歌。

　　田于何所？池阳谷口 ①。郑国在前 ②，白渠起后 ③。举臿为云 ④，决渠为雨。水流灶下，鱼跃入釜 ⑤。泾水一石，其泥数斗，且溉且粪 ⑥，长我禾黍。衣食京师，亿万之口。

【注释】

① 池阳：县名，在今陕西泾阳西北。谷口：地名，当泾水出山之处。
② 郑国：本是人名，这里指郑国渠。战国时韩国遣水工郑国说服秦国开凿这条渠，从今陕西泾阳西北分泾水东流入洛水。
③ 白渠：汉武帝时白公所开。渠引泾水分注泾阳、三原、临潼诸县。
④ 臿，或作"锸"，就是锹。举臿言开渠，为云喻致水。这句和下句都是赞扬渠的伟大功能。
⑤ 鱼跃入釜：和上句"水流灶下"都是说渠水流过人家，汲水捕鱼都非常近便。这两句《汉书·沟洫志》缺，据《汉纪》补。
⑥ 且溉且粪：溉是用水灌田，粪是用淤泥肥田。

颍川歌

【题解】

　　这是被损害、被压迫的人民对豪家的诅咒，言颍水不能长清，灌氏也不能长有势，终必有灭族的一天。颍川，郡名，汉治阳翟，即今禹州市。

　　颍水清，灌氏宁[①]；颍水浊，灌氏族[②]。

【注释】

① 灌氏：指灌夫家。灌夫好任侠，交结奸猾，在颍川行为横恣，侵夺百姓。事载《史记》和《汉书》的《魏其武安侯传》。
② 族：即族诛，就是全家族被处死刑。

牢石歌

【题解】

这首歌讽刺那些依附权要取得富贵的人,言你们印绶累累,是谁家的门客(钻了谁的门子)呀?是牢家,是石家,还是五鹿家?

牢耶①,石耶②,五鹿客耶③?印何累累,绶若若耶④?

五侯歌

　　史书说五侯在长安大建宅第，规模比拟皇宫。这首民歌正反映他们的奢侈和骄纵。

　　五侯初起①，曲阳最怒②。坏决高都③，连竟外杜④。土山渐台⑤，象西白虎⑥。

【注释】

① 五侯：汉成帝河平二年（前27）封外戚王谭为平阿侯，王商为成都侯，王立为红阳侯，王根为曲阳侯，王逢时为高平侯。五人同日受封，当世称为五侯。

② 曲阳最怒：言曲阳侯王根，气势最高涨。

③ 高都：水名，在长安西。曲阳侯造园子引高都水进长安城。

④ 外杜：长安城东头有门叫杜门，"外杜"或许就是指这里。

⑤ 渐台：在水池中心筑台为渐台。

⑥ 象西白虎：白虎是殿名，在未央宫。象，仿效也。曲阳侯园内建筑仿西白虎殿（"象"字据《汉书补注》校添）。

范史云歌

【题解】

这首歌"尘"字和"云"字叶韵,"鱼"字和"芜"字叶韵。歌辞极言范冉清贫,"甑中生尘""釜中生鱼"都是说久不举火,言外有赞叹的意思。在那样政治混浊的时代,这类安于贫贱,洁身自好的人,是少有的。范史云,范冉字史云,东汉桓帝时人。名列党籍,曾遭禁锢。他一生穷困,有时断炊,但自甘淡泊,不和权贵交结。间里之间为他编了这首歌。

甑中生尘,范史云。釜中生鱼,范莱芜^①。

【注释】

① 莱芜:县名,在今山东淄川东南。范冉曾被桓帝任命为莱芜长,所以称为范莱芜。

行者歌

【题解】

《拾遗记》叙魏文帝迎美人薛灵仙，数十里烛光相连不断，道旁烧"石叶之香"。又筑高台三十丈，台下排列灯烛。路上每一里立一根铜表，高五尺，用来记里数。这首民歌就是当时奢侈景象的描写。末句"土上出金"指竖立铜表，"火照台"指烛光映照高处。古语有"君高其台，天火为灾"的话，"火照台"也许有告诫的意思。

青槐夹道多尘埃，龙楼凤阙望崔巍①，清风细雨杂香来，土上出金火照台。

【注释】

① 龙楼凤阙：本是汉宫两座建筑的专名。龙楼上有铜龙，凤阙上有铜凤。后来用作皇帝住处的代称。

并州歌

【题解】

　　晋汲桑曾事成都王司马颖,颖死后汲桑聚众抢掠郡县,自称大将军。性残忍,好杀人。曾在暑天披裘,使人用扇子扇他,如不觉得清凉,就把扇的人杀了。并州大姓田兰把汲桑杀死。当时"士女庆贺,奔走道路而歌之"。并州,晋十九州之一,治晋阳,即今山西太原。

　　士为将军何可羞! 六月重裯被豹裘①,不识寒暑断人头。雄儿田兰为报仇,中夜斩首谢并州②。

【注释】
① 重裯:重褥也。
② 谢:宣告。

豫州歌

【题解】

　　这是豫州人民对于祖逖的歌颂。祖逖是东晋初杰出人物。他积极抵抗外族的侵略，屡次攻破石勒，收复黄河以南的失地。他做豫州刺史，勤俭爱民，亲自督率农桑。从这篇歌辞见出人民对他的爱戴。豫州，晋十九州之一，治项县，在今河南项城东北。

　　幸哉遗黎免俘虏，三辰既朗遇慈父①。玄酒忘劳甘瓠脯②，何以咏思歌且舞。

【注释】

① 三辰：日、月、星。"三辰既朗"是说重见光明。

② 玄酒：本指郁鬯，是古代祭祀的酒，又指明水，也是祭祀所用。这里就指淡薄的酒。瓠脯：瓠是葫芦科植物，结实如瓜，供食用。瓠脯是以瓠为脯。

巴东三峡歌二首

【题解】

《水经注》说这是巴东渔人的歌。第二首《古今乐录》作《女儿子》，《乐府诗集》在"西曲歌"和"杂歌谣辞"都收载。

巴东三峡巫峡长^①，猿鸣三声泪沾裳。

其二

巴东三峡猿鸣悲，猿鸣三声泪沾衣。

【注释】

① 巴东：郡名，今重庆奉节、云阳、巫山诸县都在古巴东郡境内。三峡：这里指广溪峡、巫峡、西陵峡。在今重庆、湖北之间，是长江上游险急处。三峡相连七百里，山水纡曲，岩高林茂。猿猴啼叫时回声在山谷之间回旋，常常引起旅客的哀愁。

陇上歌

　　《晋书·刘曜载记》和《司马保传》叙陈安的生平行事有不少反复，他背叛过司马保，投降过刘曜。但最后能反抗刘曜，至死不屈，确乎是值得尊敬的。所以人民怀念他，把他作为英雄来歌颂。据《晋书·载记》，本篇曾为前赵乐府所歌唱，原可编入杂曲。姑依《乐府诗集》收在歌谣类。

　　陇上壮士有陈安①，躯干虽小腹中宽，爱养将士同心肝。骁骢父马铁锻鞍②，七尺大刀奋如湍，丈八蛇矛左右盘，十荡十决无当前。战始三交失蛇矛③，弃我骁骢窜岩幽，为我外援而悬头。西流之水东流河④，一去不还奈子何！

【注释】

① 陈安：晋王司马保的故将。他在今甘肃天水一带和刘曜争战多次。318年兵败战死。

② 骁：马奔驰。父马：牡马。

③ 三交失蛇矛：交是交锋。蛇矛是兵器名。陈安和追兵交战时"左手奋七尺大刀，右手执丈八蛇矛，近交则刀矛齐发"。追将平先也是勇士，和陈安交锋三次，把他的蛇矛夺去了。

④ 西流之水东流河：水指陇水，河指黄河。陇水西流入洮水，洮水入黄河，黄河东流入海。这里以陇水一去不返比喻陈安长逝。

李波小妹歌

【题解】

这诗赞叹一个女子的骑射技术，反映当时北方尚武的民风。

李波小妹字雍容①，褰裳逐马如卷蓬②。左射右射必叠双③。妇女尚如此，男子安可逢？

【注释】

① 李波：后魏广平人，《魏书》说他"宗族强盛，残掠不已，公私咸患"。后来被刺史李安世诱杀。

② 褰裳：提起衣服的前襟。卷蓬：被风卷起的蓬草。

③ 叠双：一箭贯两物。

敕勒歌

【题解】

　　这是北齐斛律金所唱"敕勒"民歌。(《通鉴》胡注云："斛律金出敕勒。")《乐府广题》说："其歌本鲜卑语，易为齐言。"可知这是一篇翻译作品。

　　敕勒川①，阴山下②。天似穹庐，笼盖四野。天苍苍，野茫茫。风吹草低见牛羊。

【注释】

① 敕勒：种族名，北齐时居朔州（今山西北境）。
② 阴山：山脉名，起于河套西北，绵亘于内蒙古、河北和大兴安岭相接。

绵州巴歌

　　这是歌咏瀑布的民谣。歌辞先说在豆子山听到溪涧里水流的声音像打鼓似的，到扬平山就见到流水冲击石头，溅起水点，像下雨似的。这是瀑的来路。由鼓声联想到娶新妇，由下雨联想到龙女，由龙女引出织绢，绢就是指瀑的本身。最后还交代瀑的去路，就是一半流到罗江县，一半流到玄武县（或一半流进罗江水，一半注入玄武湖）。绵州，隋代所置，治巴西县。今为绵阳，属四川省。

　　豆子山①，打瓦鼓。扬平山②，撒白雨。下白雨，取龙女。织得绢，二丈五，一半属罗江③，一半属玄武④。

【注释】

① 豆子山：即豆圌山，在绵州。
② 扬平山：未详。
③ 罗江：县名，即今四川罗江。又是水名，罗江水在罗江东。
④ 玄武：县名，即今四川中江。张玉毅《古诗赏析》又说四川有湖名"玄武"。

隋炀帝时 挽舟者歌

【题解】

这是杨广游扬州的时候，挽船人的哀歌。征辽东是杨广劳民伤财最甚的举动，大业八年（612）的一次，发兵多到一百一十三万，民夫加倍。队形长九百六十里。此次因战败而死的战士就有三十万。从这首歌辞开头两句就见出人民的毒恨。开运河、造龙舟、幸扬州这几件事都曾害死许多人。当时穷人为了避免徭役往往斫断手足，称为"福手福足"，徭役的惨暴可知。这首歌的作者一做了挽龙舟的役夫，就不作生还之想，而坐在龙舟上的杨广正高咏"舳舻千里泛归舟，言旋旧镇下扬州"（炀帝《泛龙舟》诗句），对照起来，怎不教人怨恨呢？隋炀帝，姓杨名广，隋文帝次子，隋朝的第二代皇帝。他为了营造东京（洛阳），开凿运河，筑长城和侵略高丽，这几件事使无数壮丁死亡道路。终于激起人民反抗，公元618年身死国亡，在位十四年。

　　我兄征辽东①，饿死青山下。今我挽龙舟②，又困隋堤

【注释】

① 辽东：秦汉时置辽东郡，地在辽河以东，治襄平，在今辽阳北。后魏至隋地属高丽，为辽东城。杨广侵略高丽，屡次在这里交战。
② 挽龙舟：杨广从洛阳到扬州游幸，坐龙舟。舟高四层，四十五尺。长二百丈。上层有正殿、内殿、东西朝堂。除御用的龙舟之外，又有各种船只几千艘，都用人在堤上牵挽着前进。当时用挽船工八万余人。

道③。方今天下饥,路粮无些小④。前去三千程,此身安可保!寒骨枕荒沙,幽魂泣烟草。悲损门内妻,望断吾家老。安得义男儿,焚此无主尸,引其孤魂回,负其白骨归!

（以上歌辞）

三秦民谣

【题解】

　　这首歌谣提到的险阻之地武功、太白在秦中，孤云、两角在汉中，黄金、子午是入蜀道路，蛇盘、乌栊是滇中之险。大约是从秦地远征入滇的人叙述一路经历的艰险，从"去天三百"而"去天一握"以至"势与天通"是愈行愈险。朱乾《乐府正义》说这首歌谣可能是在汉武帝元封二年（前109）取滇地为益州郡时产生的。三秦，指今陕西省中部及北部地。

　　武功太白 ①，去天三百。孤云两角 ②，去天一握 ③。山水险阻，黄金子午 ④。蛇盘乌栊 ⑤，势与天通。

【注释】

① 武功：山名，在今陕西武功南。太白：山名，在武功山北，两山相连。
② 孤云：山名，在今陕西南郑西南。两角：山名，和孤云山相连。
③ 一握：四寸。
④ 黄金：谷名，在今陕西洋县。子午：谷名，在秦岭山中，为川、陕交通要道。
⑤ 蛇盘乌栊：滇中险地。常璩《华阳国志》载《僰道谣》云："犹溪赤水，盘蛇七曲。盘羊、乌栊，气与天通。"今云南禄劝东北有乌蒙山，其顶有乌龙泉，乌栊或许就是此处。

逐弹语

【题解】

　　《西京杂记》说汉武帝的宠臣韩嫣好用弹弓弹鸟雀，用黄金做弹丸。长安儿童跟在他后面拾取弹丸。当时产生此谣，将奢淫享乐和忍饥挨冻的两种人作鲜明对比。

　　苦饥寒，逐弹丸。

长安谣

这是石显和他的同党失势后，长安人民所编歌谣。人民看到奸佞去位，称心快意，情见乎辞。

伊徙雁①，鹿徙菟②，去牢与陈实无贾③。

【注释】

① 伊：指伊嘉，汉成帝初由御史中丞贬为雁门都尉。雁：指雁门，汉郡名，治善无，在今山西右玉南。

② 鹿：指五鹿充宗，成帝初由少府徙玄菟太守。菟：指玄菟，汉郡名，治沃沮城，在今朝鲜咸镜南道境内。

③ 牢与陈：指牢梁和陈顺，都是石显（见前《牢石歌》注）的党羽，和石显同被成帝免去官职。贾：读为"价"。"无价"是说朝廷免去牢、陈两人的官职这件事对人民的好处是不能估价的。

燕燕谣

【题解】

　　这首谣咏赵飞燕的故事。

　　燕燕尾涎涎^①。张公子^②，时相见。木门仓琅根^③，燕飞来，啄皇孙^④。皇孙死，燕啄矢^⑤。

【注释】

① 燕燕：暗指赵飞燕，飞燕本是阳阿公主家的舞女，后来做了汉成帝的皇后。涎涎：涎音电，光泽貌，首句以燕子羽毛光泽比飞燕貌美。
② 张公子：指富平侯张放，张是成帝佞幸之臣，常伴随成帝微行出游。
③ 仓琅根：仓琅是青色，根指宫门上的铺首（铺首衔着铜环，所以叫根）。
④ 啄皇孙：飞燕入宫后自己不能生子，而将后宫其他妇女所生一一杀害。啄皇孙就是指这个。
⑤ 燕啄矢：成帝死后五年飞燕以"残灭继嗣"的罪废为平民，自杀。燕啄矢指飞燕之死。矢是粪便，人死埋葬地下是和粪土在一起。

城中谣

【题解】

这是西汉长安歌谣，言京城的时妆往往被各地仿效而且加甚，比喻上行下效，和墨子所说"楚灵王好细腰而国多饿人"意思相同。后汉马廖引用这首谣来说明"改政移风，必有其本"，"吏不奉法，良由慢起京师"（见《后汉书·马廖传》）。

城中好高髻^①，四方高一尺。城中好大眉，四方且半额。城中好广袖^②，四方全匹帛。

【注释】

① 城中：指长安城内。
② 高髻、大眉、广袖：都是在汉朝流行过的女妆。汉明德皇后为"四起大髻"，见《东观汉纪》。赵王好大眉（画宽阔眉毛），见《风俗通》。赵婕好为石华广袖，见《飞燕外传》。

京都谣

【题解】

　　这谣是为李固做的。后汉冲帝死后为了立嗣君的问题，李固违连当时的权臣梁冀，被梁害死，暴尸路旁。而胡广、赵戒等人因为附和梁冀，都封了侯爵。谣辞"直如弦"指李，"曲如钩"指胡、赵等人，代表了当时的舆论。

　　直如弦，死道边。曲如钩，反封侯。

小麦谣

【题解】

后汉桓帝元嘉（151—153）中，凉州一带羌人入侵，汉发兵极多，农田荒废。这首谣说朝廷征发男丁太多，农事全归妇女。一般官吏只担任"买马具车"罢了，并不像老百姓要舍命去打仗。老百姓感觉负担不合理不公平，但只能闷在肚子里，不敢明说出来，所谓敢怒而不敢言。

小麦青青大麦枯，谁当获者妇与姑。丈夫何在西击胡^①。吏买马，君具车^②。请为诸君鼓咙胡^③。

【注释】

① 丈夫：成年的男子。《乐府诗集》作"丈人"，这里依《玉台新咏》。
② 君：尊者通称，这里指居高位的人。
③ 鼓咙胡：咙胡就是喉咙，鼓动喉咙，把话咽住，不敢说出。

桓灵时童谣

【题解】

后汉桓帝、灵帝时代选举极滥，这首歌谣是人民对统治阶级的讥讽，指出秀才无才，孝廉不孝，出身寒素、号称清白的人其实是污浊的，而出于高门第的所谓良将，却怯懦得像蛙一样，都是名不副实。

举秀才，不知书①。举孝廉，父别居②。寒素清白浊如泥，高第良将怯如黾③。

【注释】

① 秀才：汉时选举科目名，被举者应该是有特异之才的人。"不知书"是无才，和举秀才的条件正相反。

② 孝廉也是选举科目名。孝是对父母事奉得好，廉是不贪污，"父别居"是不孝的行为。

③ 高第：指大族豪门。

城上乌谣

【题解】

这是怨贪政的歌谣，言掌握政权的人聚敛不已，小民永远是压榨的对象。

城上乌①，尾毕逋②。公为吏，子为徒③。一徒死，百乘车④。车班班⑤，入河间⑥。河间姹女工数钱⑦，以钱为

【注释】

① 城上乌：比喻居高位而贪财的人，包括皇帝、皇后、贵戚、宦官等。乌鸦是贪馋的鸟，所以用来作比。

② 尾毕逋：毕，尽也。逋，欠也。这句说那些居高临下的乌鸦都缺尾巴，比喻那些有权有势，压榨百姓的人都没有好收场。东汉皇帝早死的很多。权臣被杀的也很多。梁冀伏诛是当时一件大事，牵连而死的公卿二千石有数十人之多。给人民的印象一定是很深的。

③ 公为吏，子为徒：言在高位的往往父子相承而贪暴照旧不改，犹如吏徒相继。吏人和徒隶属于一类，都是能作威作福的。（司马迁曾说："见狱吏则头抢地，视徒隶则心惕息。"）梁商和梁冀都做大将军，正是父位子承，至于帝王世袭更不用说了。

④ 一徒死，百乘车：一徒就是指梁冀。梁冀死后凡参加除梁计划的宦官都获得权势，"百乘车"言新贵很多。

⑤ 班班：车行的声音。

⑥ 河间：汉有河间国，故治在今河北河间西南。"入河间"指桓帝死后窦武等人从河间迎立灵帝刘宏。

⑦ 姹女：少女也。"河间姹女"暗指刘宏的母亲董太后，她是河间人。工数钱：指董太后贪财。《后汉书》说她参预朝政后，"使帝卖官求货，自纳金钱，盈满堂室"。

室金作堂。石上慊慊舂黄粱⑧。梁下有悬鼓，我欲击之丞卿怒⑨。

【注释】

⑧ 慊慊：不满足。"石上慊慊舂黄粱"是说小民吃不饱，而朝廷搜索民间，永不知足。

⑨ 丞卿：指一般官吏。末二句是说控告无门。古代臣民向人君进谏就敲谏鼓，这里说官吏不许敲鼓，就是不许诉苦。

侯非侯谣

【题解】

　　这首歌谣所关涉的历史事实是中平六年（189）中常侍张让、段珪等劫少帝刘辩和陈留王刘协出走。公卿百官追随到北芒山下。"侯""王"指陈留王和少帝，汉代的王和帝相当于古代的侯与王。当他们被劫出走的时候有同俘虏，失去帝王的尊贵，所以说"侯非侯，王非王"。"千乘万骑"指朝中百官。

　　侯非侯，王非王，千乘万骑上北芒[①]。

【注释】

① 北芒：山名，在洛阳东北。一名北邙。

箜篌谣

【题解】

这篇歌谣包含慎结交和安贫贱两层意思。后一层用三个比喻来表达。大意说处贫贱就像小草顺着风势低头，忍受暂时委屈。如求得富贵就如小草上了天，离了本根，有害无益。正如山上的树托身虽高，免不了被斫下来做薪柴。这么说，像泥在井底，处在最卑下的位置就是最好吗？那也并非人人甘心如此，不过如上出井外，就要变为尘埃，随风而散，那还是犯不着的。

结交在相得，骨肉何必亲^①？甘言无忠实，世薄多苏秦^②。从风暂靡草^③，富贵上升天。不见山巅树，摧挠下为薪^④。岂甘井中泥？上出作埃尘。

【注释】

① 骨肉何必亲：言骨肉未必能相亲，不是说不用相亲。开头两句是说意气相投就可结交，朋友也会胜过骨肉。
② 苏秦：战国时辩士，是"甘言无忠实"的典型人物。
③ 靡：随风倒下。
④ 挠：动摇。

吴孙皓初童谣

【题解】

　　孙皓迁都武昌这件事江南人多不愿意。世族如陆凯就曾上疏反对过。一般人民因为要"溯流供给"，不胜其苦，更是怨声载道。这首歌谣就是他们的怨声。

　　宁饮建业水①，不食武昌鱼②。宁还建业死，不止武昌居。

【注释】

① 建业：地名，故城在今南京南。
② 武昌：地名，就是今之湖北鄂城。

南风谣

　　这首谣咏贾后陷害愍怀太子的事。贾后诬愍怀太子叛逆，废为平民，又遣人将他刺死。谣载《晋书·五行志》和《愍怀太子传》。《贾后传》另有一首云："南风烈烈吹黄沙。遥望鲁国郁嵯峨。前至三月灭汝家。"和这首不同。

　　南风起①，吹白沙②。遥望鲁国何嵯峨③。千岁髑髅生齿牙④。

【注释】

① 南风起：双关语。晋惠帝皇后贾氏名南风。这句暗指贾后得势。
② "吹白沙"也是双关。惠帝长子愍怀太子司马遹小字沙门，被贾后所忌，贾后阴谋陷害他。"白沙"暗指愍怀太子。
③ 鲁国：贾后的父亲贾充封鲁公，以外孙韩谧为嗣改姓贾，承袭贾充的爵号。这里鲁国指贾谧。嵯峨：峻险的样子。"鲁国嵯峨"言贾谧专权跋扈。
④ 髑髅：头骨。末句是说贾后和贾谧等阴谋可怕。

续貂谚

貂不足①，狗尾续。

【注释】

① 貂：动物名，又称貂鼠，汉朝凡侍中、中常侍等官冠上都用貂尾做装饰。《晋书》
说赵王司马伦僭位后，和他一党的人许多做了大官，朝会时满眼都是戴貂尾的，
因而当时产生这首谚辞。这两句话是双关的，表面是说貂尾供不应求，实则骂戴
貂的都是狗党。

三峡谣

　　朝发一作见黄牛①，暮宿一作见黄牛，三朝三暮，黄牛如故。

【注释】

①　黄牛：峡名，在今湖北宜昌。峡内高崖上有石纹像一个人牵一条牛。人黑色，牛黄色，远看好似图画。这里江流曲折迂回，往往船走了两三天还能望见崖上的黄牛，所以行人编了这首谣。

束藁谣

　　这首谣辞所说的是高洋做皇帝，全首用隐语。"一束藁，两头燃"就是把"藁"字除去上下两头，剩下的是一个"高"字。"河边羖䍽"就是水边羊，水和羊合成"洋"字。"飞上天"喻登帝位。隐语是歌谣里常用的，这一首可谓巧切。高洋是鲜卑化的汉人，篡东魏，建立齐朝。他是历史上残暴无人性的皇帝之一。

　　一束藁①，两头燃。河边羖䍽飞上天②。

（以上谣辞）

【注释】
① 藁：禾秆。
② 羖䍽：山羊。